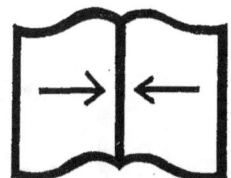

RELIURE SERREE
Absence de marges
intérieures

CONTRASTE IRREGULIER

Contraste insuffisant
NF Z 43-120-14

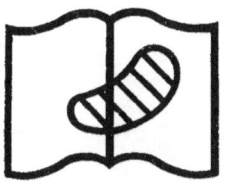

ILLISIBILITE PARTIELLE

Original illisible
NF Z 43-120-10

Original en couleur

NF Z 43-120-8

# COUVERTURES SUPERIEURE
# & INFERIEURE EN COULEUR

## A. MOREL-FATIO

# LES LECTURES DE SAINTE THÉRÈSE

### AVEC UN APPENDICE SUR

## LES DEUX PREMIÈRES ÉDITIONS

## DES ŒUVRES GROUPÉES DE LA SAINTE

Extrait du BULLETIN HISPANIQUE de Janvier-Mars 1908.

### Bordeaux :

FERET & FILS, ÉDITEURS, 15, COURS DE L'INTENDANCE

Lyon : Henri GEORG, 36-42, passage de l'Hôtel-Dieu
Marseille : Paul RUAT, 54, rue Paradis; Montpellier : C. COULET, 5, Grand'Rue
Toulouse : Édouard PRIVAT, 14, rue des Arts
Madrid : MURILLO, Alcalá, 7

### Paris :

Albert FONTEMOING, 4, rue Le Goff
Alphonse PICARD & FILS, 82, rue Bonaparte.

( 15 )

# Annales de la Faculté des Lettres de Bordeaux

FONDÉES EN 1879 PAR MM. LOUIS LIARD ET AUGUSTE COUAT

Directeur : M. Georges RADET

## QUATRIÈME SÉRIE

PUBLIÉE PAR

Les Professeurs des Facultés des Lettres d'Aix, Bordeaux, Montpellier, Toulouse

ET SUBVENTIONNÉE PAR

LE MINISTÈRE DE L'INSTRUCTION PUBLIQUE
LE CONSEIL MUNICIPAL DE BORDEAUX
LA SOCIÉTÉ DES AMIS DE L'UNIVERSITÉ DE BORDEAUX
LE CONSEIL DE L'UNIVERSITÉ DE BORDEAUX
L'ASSOCIATION DES AMIS DE L'UNIVERSITÉ DE MONTPELLIER
LE CONSEIL DE L'UNIVERSITÉ DE TOULOUSE

## I. REVUE DES ÉTUDES ANCIENNES

### ABONNEMENTS

| | | |
|---|---|---|
| France.. | F. | 10 » |
| Union postale | | 12 » |
| Un fascicule séparé | | 3 » |

## II. BULLETIN HISPANIQUE

### ABONNEMENTS

| | | |
|---|---|---|
| Espagne et France | F. | 10 » |
| Union postale | | 12 » |
| Un fascicule séparé | | 3 » |

## III. BULLETIN ITALIEN

### ABONNEMENTS

| | | |
|---|---|---|
| France et Italie | F. | 10 » |
| Union postale | | 12 » |
| Un fascicule séparé | | 3 » |

Le montant des abonnements doit être adressé à MM. FERET et FILS,
15, cours de l'Intendance, Bordeaux.

A. MOREL-FATIO

# LES LECTURES DE SAINTE THÉRÈSE

## AVEC UN APPENDICE SUR

## LES DEUX PREMIÈRES ÉDITIONS

## DES ŒUVRES GROUPÉES DE LA SAINTE

*Extrait du BULLETIN HISPANIQUE de Janvier-Mars 1908.*

### Bordeaux :

FERET & FILS, ÉDITEURS, 15, COURS DE L'INTENDANCE

Lyon : Henri GEORG, 36-42, passage de l'Hôtel-Dieu
Marseille : Paul RUAT, 54, rue Paradis ; Montpellier : C. COULET, 5, Grand'Rue
Toulouse : Édouard PRIVAT, 14, rue des Arts
Madrid : MURILLO, Alcalá, 7

### Paris :

Albert FONTEMOING, 4, rue Le Goff
Alphonse PICARD & FILS, 82, rue Bonaparte.

# LES LECTURES DE SAINTE THÉRÈSE

Nous ne possédons aucun ouvrage important sur la mystique espagnole au xvi⁽ᵉ⁾ siècle, et tout fait prévoir que ce chapitre si considérable de l'histoire religieuse de la Péninsule ne sera pas traité de longtemps comme on souhaiterait qu'il pût l'être, j'entends par un esprit libre, non inféodé à telle ou telle école, mais néanmoins sympathique aux doctrines contemplatives en même temps que très informé[1]. Nos voisins les Espagnols se contentent de trouver mauvais le livre de Rousselot[2], ce qui ne nous avance guère, nul parmi eux ne s'occupant d'en faire. un meilleur ni même de préluder, par des études de détail, à l'ouvrage d'ensemble qu'il serait assez imprudent d'écrire avant l'achèvement de beaucoup de travaux préliminaires[3]. Dans Rousselot, nous n'apprenons rien sur la première phase du mysticisme péninsulaire qui a préparé l'éclosion du grand mouvement spirituel de la période suivante. En outre, plusieurs des écrivains du xvi⁽ᵉ⁾ siècle qu'il a étudiés n'appartiennent pas à son sujet, Fr. Luis de León, par exemple, qui n'a touché au mysticisme que pour défendre la doctrine de sainte Thérèse, en sa qualité d'éditeur des œuvres de la Mère; d'autres vrais mystiques, en revanche, manquent chez cet auteur, sans compter qu'une connaissance trop superficielle de la langue, de la littérature et de l'histoire de l'Espagne l'a exposé à commettre de fréquentes erreurs de

1. Il y a à ce sujet d'excellentes réflexions dans l'*Historia de las ideas estéticas en España* (2⁽ᵉ⁾ éd., t. III, p. 117 et suiv.) de M. Menéndez y Pelayo, qui a tracé là le programme très précis d'une histoire de la mystique espagnole, programme qu'il serait mieux que personne en état de remplir si ses multiples occupations lui en laissaient le temps.

2. *Les Mystiques espagnols.* Paris, 1867.

3. La première chose à faire serait de réimprimer, dans la *Nueva Biblioteca de Autores Españoles*, un choix des principaux traités contemplatifs condamnés dans l'Index de 1559, avec les œuvres des maîtres spirituels de sainte Thérèse dont il sera parlé dans ces pages.

fait et d'appréciation. Pour ce qui concerne sainte Thérèse,
Rousselot n'a pas recherché ce que sa méthode d'oraison doit
aux spirituels antérieurs; car, quelle que soit l'empreinte si
personnelle dont elle a marqué sa vie contemplative aussi bien
que sa vie active, il y a chez la grande carmélite des parties
d'emprunt qu'on aurait intérêt à mieux discerner. A vrai dire,
ceux qui étudient Thérèse exclusivement au point de vue
psychique et physiologique peuvent faire abstraction des alen-
tours, mais quiconque se propose de la remettre dans son
milieu propre, à la place qu'elle occupe dans l'histoire du
mysticisme espagnol, a le devoir de s'enquérir de ses maîtres
et de ses inspirateurs. Je ne traiterai pas pour le moment du
mysticisme de Thérèse, étude qui doit porter en premier lieu
sur les écrits de Francisco de Osuna et de Bernardino de Laredo;
je pense le faire plus tard. Aujourd'hui, je voudrais seulement
dresser une sorte d'inventaire des lectures de la sainte,
à l'adresse surtout de ses disciples et de ses admirateurs qui
n'ont pas toujours le temps ni les moyens de se reporter aux
livres qu'elle cite et dont elle déclare qu'ils lui ont fourni un
enseignement ou un secours spirituel très efficace.

Pendant la période de sa vie qui s'étend jusqu'à l'année
1559, Thérèse fut une grande liseuse. Dans son enfance et sa
jeunesse, elle lut avec passion des livres de chevaleries; et
même, s'il faut en croire son premier biographe, le P. Francisco de Ribera, elle s'associa avec son frère Rodrigo pour en
composer un[1]. Que ne donnerait-on pas aujourd'hui pour posséder ce récit d'aventures romanesques, où s'accusaient peut-
être déjà certains traits de son caractère et de son style? En
même temps que dans les *Amadis* ou autres romans de même
espèce, l'imagination surexcitée de la jeune fille trouvait à se
repaître dans les Vies des saints, qu'elle lisait aussi avec son
frère et qu'en son âge mûr elle ne cessa jamais de lire, mais
avec d'autres préoccupations que lorsqu'elle y cherchait sur-

[1]. « Dióse, pues, á estos libros de caballería,... y como su ingenio era tan exce-
lente, así bebió aquel lenguaje y estilo que, dentro de pocos meses, ella y su
hermano Rodrigo de Cepeda compusieron un libro de caballerías con sus aventuras
y ficciones, y salió tal que había harto que decir de él » (*Vida de la Madre Teresa de
Jesus*, livre I", ch. V, éd. de Madrid, 1863, p. 47).

tout des exemples d'actions héroïques ou des tableaux de supplices effrayants. Thérèse put encore faire d'autres lectures dans la bibliothèque de son père, qui, nous dit-elle, « aimant à lire de bons livres, s'en était procuré en langue espagnole à l'usage de ses enfants » [1]. L'expression *buenos libros* s'applique, à la vérité, chez Thérèse toujours aux livres de dévotion, et peut-être, après son second mariage, Alonso de Cepeda ne garda-t-il plus en sa demeure que des ouvrages pieux, car sa fille paraît l'avoir toujours connu très austère; mais nous savons pourtant qu'à une époque antérieure de sa vie il possédait une petite *librairie* d'amateur, où l'on trouve, à côté du *Retablo de la vida de Christo* de Juan de Padilla et de poésies religieuses de Fernán Pérez de Guzmán, quelques livres profanes : le *De Officiis* de Cicéron (sans doute la traduction d'Alonso de Cartagena), la *Consolation* de Boèce (sans doute la traduction castillane faite sur le catalan de Saplana), un Virgile, la compilation de sentences morales intitulée *Proverbios de Séneca*, un roman d'aventures du cycle carolingien, *La Gran Conquista de Ultramar*, les deux poèmes de Juan de Mena, les *Trecientas* et la *Coronación*, et enfin un *Lunaire* [2]. Quoi qu'il en soit, et si même quelques-unes de ces œuvres ont été à la disposition de Thérèse, on ne voit guère ce qu'elle y aurait pris. En tout cas, ses écrits historiques ou contemplatifs ne contiennent que bien peu de souvenirs de ses lectures profanes. Au chapitre XXXIX de la *Vie*, elle assimile l'âme renouvelée par l'amour divin à l'oiseau phénix qui renaît de ses cendres, « selon ce que j'ai lu, » dit-elle, et dans le *Château de l'âme* (IV, 3) elle compare le repliement de l'âme *(encogimiento)* à ce mouvement de retraite que fait le hérisson ou la tortue, « comme je crois l'avoir lu quelque part. » Çà et là aussi, certaines expressions qu'elle emploie font penser au langage des *Chevaleries* : « la voluntad es la que

---

1. « era mi padre aficionado a leer buenos libros, y ansí los tenía de rromance para que leyesen sus yjos » (*Vida*, ch. I; E. I, 23ᵛ). J'avertis une fois pour toutes que je cite la *Vida* et les *Moradas* d'après les reproductions phototypiques (Madrid, 1873, et Séville, 1882), mais en ajoutant un renvoi (E.) aux *Escritos de Santa Teresa* publiés par D. Vicente de La Fuente dans la Biblioteca Rivadeneyra.

2. *Inventario que hizo Alonso Sánchez de Cepeda de los bienes que tenía cuando murió su mujer doña Catalina del Peso* (1607), publié par D. Manuel Serrano y Sanz, *Apuntes para una Biblioteca de escritoras españolas*, t. II (Madrid, 1905), p. 482.

mantiene la tela » ( *Vie,* .ch. XVIII ; E. I, 60ᵇ) ; «¿ como days la
fuerça de esta çivdad y llaves de la fortaleça de ella a tan
covarde alcayde? » (ch. XVIII ; E. I, 59ᵇ) ; « como quien pelea
contra vn jayan fuerte » (ch. XX ; E. I, 64ᵇ) ; « aqui se levanta
ya de el todo la vandera por cristo, que no pareçe otra cosa
sino que este alcayde de esta fortaleça se sube v le suben a la
torre mas alta a levantar la vandera por dios » (ch. XX ; E. I,
67ᵃ) ; « este gran dios de las cavallerias » (*Château de l'âme,* VI,
ch. 6 ; E. I, 470ᵇ), expression qui traduit *Deus exercituum.* Malgré ces passages et sans doute d'autres qu'on pourrait relever
en ce genre, il paraît évident que Thérèse s'est appliquée à ne
rien écrire qui rappelât sa vie et ses occupations mondaines.

A partir du jour où son oncle l'initia aux lectures pieuses,
Thérèse ne connut plus que ce qu'elle nomme les *buenos libros.*
« Ce qui me sauva, dit-elle au chapitre III de la *Vie,* fut d'avoir
pris goût aux *bons livres :* je lisais les Épîtres de saint Jérôme[1]. »
Et lorsque le même oncle lui donna le *Troisième Abécédaire* de
Francisco de Osuna, la Mère nous déclare qu'ayant depuis une
année lu de *bons livres,* elle ne voulut plus des autres, à cause
du mal qu'ils lui avaient causé[2]. Lorsqu'elle est gratifiée du
don d'oraison, la lecture lui devient un exercice nécessaire,
indispensable ; elle ne peut se recueillir sans avoir lu. Ne
réussissant pas à concentrer sa pensée sur l'objet de la contemplation ni à tirer parti de son imagination qu'elle déclare
paresseuse, il faut qu'elle ait recours aux livres[3]. Durant les
premières années de son apprentissage spirituel, « jamais,
dit-elle, si ce n'est immédiatement après avoir communié, je
n'osais me mettre en état d'oraison sans un livre[4]. » Thérèse
insiste beaucoup sur ce point : « Mon âme battait la campagne

1. « diome la vida aver quedado ya amiga de buenos libros : leya en las epistolas
de san jeronimo... » (*Vida,* ch. III ; E. I, 27ᵃ).

2. « y puesto que este primer año avia leydo buenos libros, que no quise mas
vsar de otros, porque ya entendia el daño que me avian echo » (*Vida,* ch. IV ; E.
I, 28ᵇ).

3. « lo mas gastava en leer buenos libros, que era toda mi rrecreaçion, porque no
me dio dios talento de discurrir con el entendimiento ni de aprovecharme con la
ymaginaçion, que la tengo tan torpe que, an para pensar y rrepresentar en mi,
como lo procurava traer, la vmanidad del señor, nunca acavava » (*Vida,* ch. IV ;
E. I, 29ᵃ).

4 « en todos estos [años], si no era acavando de comulgar, jamas osava començar
a tener oraçion sin vn libro » (*Vida,* ch. IV ; E. I, 29ᵃ).

quand les livres me manquaient[1], » et ailleurs encore : « C'est une bonne chose qu'un livre pour se recueillir prestement[2]. » Mais plus elle progresse dans son oraison, plus elle trouve d'appui et d'instruction auprès de ses confesseurs et plus elle jouit des faveurs du Maître, moins elle a besoin de livres : l'*expérience* remplace la lecture. Thérèse constate alors que bien des choses qu'elle ne comprenait pas en lisant s'éclairent et prennent un sens[3], et elle nous dit : « Je plains ceux qui commencent rien qu'avec des livres, car c'est une chose étonnante combien l'on comprend autrement lorsqu'on a acquis l'*expérience*[4]. » Elle en arrive même à juger les livres spirituels inutiles[5], et en rédigeant pour ses religieuses le *Chemin de perfection*, elle les met en garde contre l'abus des lectures « qui fait perdre la dévotion »[6].

Au surplus, une circonstance tout à fait indépendante de sa volonté priva brusquement Thérèse de toute une littérature dont elle s'était longtemps nourrie et qui lui procurait parfois encore un certain soulagement. Cette circonstance, à laquelle elle fait allusion dans le chapitre XXVI de la *Vie*, fut la publication, en 1559, de l'Index du Grand Inquisiteur D. Fernando de Valdés[7], qui proscrivait non seulement beaucoup d'ouvrages hérétiques, mais un très grand nombre aussi de

---

1. « era sienpre, quando me faltava libro, que era luego disbaratada el alma » (*Vida*, ch. IV; E. I, 39ª).

2. « es bueno vn libro para presto recojerse » (*Vida*, ch. IX; E. I, 40ᵇ). — Dans sa lettre à Pierre d'Alcántara, elle lui dit qu'elle a toujours beaucoup aimé la lecture (*Relac. I*; E. I, 46ª), et dans un passage du *Chemin de perfection* elle déclare à ses religieuses que pendant quatorze ans elle n'a pu méditer sans lire (*Camino*, ch. XXVI; E. I, 339ª).

3. « artos años estuve yo que leya muchas cosas y no entendia nada de ollas » (*Vida*, ch. XII; E. I, 47ᵇ).

4. « e lastima a los que comiençan con solos libros, que es cosa estraña quan diferentemente se entiende de lo que despues de espirimentado se ve » (*Vida*, ch. XIII; E. I, 49ᵇ).

5. « como todos los libros que leya que tratan de oraçion me pareçia los entendia todos y que ya me avia dado aquello el señor que no los avia menester, y ansi no los leya sino vidas de santos » (*Vida*, ch. XXX; E. I, 93ª).

6. « con tantos libros parece se nos pierde la devocion » (*Camino*, ch. XXXIV; E. I, 345ª).

7. « quando se quitaron muchos libros de rromançe que no se leyesen, yo senti mucho, porque algunos me dava rrecreaçion leerlos, y yo no podia ya por dejarlos en latin » (*Vida*, ch. XXVI; E. I, 81ª). — D. V. de La Fuente, dans l'édion phototypique de la *Vida* (1873), dit tout à fait à tort que Thérèse vise ici l'Index de 1565. D'abord il n'existe pas d'Index de l'année 1565; celui auquel a pensé La Fuente est l'Index romain de 1564, dit de Trente, qui ne contient naturellement pas de livres en

livres contemplatifs en langue vulgaire, sous prétexte qu'ils s'adressaient surtout aux illettrés et pouvaient répandre des doctrines dangereuses ou égarer des âmes simples. Valdés, suivant le mot de Louis de Grenade, qui eut lui-même à pâtir des sévérités du Grand Inquisiteur, n'aimait pas ce qu'il appelait une littérature de « femmes de charpentiers »[1]. En 1559, Thérèse était une contemplative fort exercée; de doctes théologiens la guidaient, et elle avait heureusement trouvé chez les Pères de la Compagnie de Jésus des confesseurs qui comprenaient son âme : la mesure prohibitive de Valdés l'atteignit moins gravement qu'on ne serait porté à le croire, puisqu'elle pouvait désormais se passer de l'entraînement des lectures. Mais, notons-le, si Thérèse dut renoncer à certains livres spirituels, elle ne perdit jamais l'habitude de s'inspirer de l'Écriture Sainte, dans la mesure, bien entendu, où cela lui était possible et permis.

Sur les lectures spirituelles de Thérèse, nous possédons trois sources d'information : 1° les citations et allusions répandues dans ses œuvres, principalement dans la *Vie* et le *Château de l'âme;* 2° un article des *Constitutions* de la Réforme thérésienne du Carmel, chap. X, § 2, qui énumère les livres dont doivent être pourvus les monastères; 3° la déposition de la Mère María de San Francisco, qui, dans l'enquête pour la canonisation, mentionne les livres que la sainte « especialmente leia » (E. II, 394 b). J'estime utile de reproduire ces deux derniers documents. Tel est d'abord l'article des *Constitutions*[2] :

> Tenga cuenta la Priora con que aya buenos libros; en especial *Cartuxanos, Flos sanctorum, Contemptus mundi, Oratorio de religiosos,*

langue vulgaire espagnole. Au reste ce que Thérèse raconte au chapitre XXVI de la *Vida* s'est passé avant l'arrivée de Pierre d'Alcántara à Avila, c'est-à-dire avant 1560. Il est évident et incontestable que la condamnation de « muchos libros de rromance » dont parle Thérèse s'applique à l'Index espagnol de 1559.

1. Dans une lettre à l'archevêque Carranza, Louis de Grenade, parlant du travail de revision de ses écrits que lui impose l'Index de Valdés, s'exprime en ces termes: « Y con todo esto habrá un pedaço de trabajo, por estar el Arzobispo tan contrario á cosas (como él llama) de contemplación *para mujeres de carpinteros*». Le P. Cuervo a montré que cette lettre non datée fut écrite entre le 17 et le 22 août 1559 (*Obras de Fr. Luis de Granada*, t. XIV, p. 441).

2. Je le donne, non d'après La Fuente, qui suit le texte d'une édition de 1678. à l'usage du couvent de la Imagen d'Alcalá de Henares, mais d'après l'édition officielle de Madrid, *Por Pedro Madrigal*, 1588, qui reproduit les *Constitutions* promul-

los de Fray Luys de Granada, y los del padre fray Pedro de Alcantara : porque es en parte este mantenimiento tan necessario para el alma, como el comer para el cuerpo[1].

Voici maintenant la déclaration de la Mère María de San Francisco, lors de l'information sur la sainteté de Thérèse qui eut lieu à Medina del Campo :

Digo que el tiempo que no gastaba nuestra santa Madre en oracion y cosas forzosas, lo pasaba en leccion ; y los libros, que especialmente leia, eran los *Morales* de San Gregorio, y las obras del Cartujano, y el *Abecedario* de Osuna, en la *Subida del Monte*, en las obras del padre fray Luis de Granada, *Arte de servir á Dios* y *Contemptus mundi*, y las vidas de los santos[2].

A la vérité, les écrits de Thérèse ou ces deux derniers documents ne nous renseignent pas sur tout ce qu'elle a pu lire, mais ils nous apprennent à peu près l'essentiel.

Dans les pages qui suivent, je m'abstiens de décrire par le menu les ouvrages déjà décrits, soit dans les bibliographies spéciales, telles que l'*Ensayo* de Gallardo, le *Catálogo de la biblioteca de Salvá*, la *Bibliografía ibérica del siglo* xv de Haebler, soit dans les précieux inventaires typographiques issus des concours de la Bibliothèque nationale de Madrid, soit encore dans certains catalogues de vente riches en livres espagnols : il suffit de renvoyer à ces divers répertoires. J'aurai à me servir aussi des Index de l'Inquisition d'Espagne. Trois d'entre eux sont à considérer : un Index de Louvain, réimprimé avec des

guées au chapitre en 1581 et confirmées par le nonce du pape en 1588. On sait que les éditions de 1581 (Salamanque) et de 1588 (Madrid) ont été intentionnellement détruites par les pères déchaussés. Nos carmélites françaises du premier monastère de Paris possèdent le seul exemplaire aujourd'hui connu de l'édition de 1588, dont elles ont fait exécuter un fac-similé héliographique : je me sers de ce fac-similé qu'elles ont eu la bonté de me prêter.

1. Dans l'édition d'Alcalá 1678, réimprimée par La Fuente (E. I, 274ª), l'article est ainsi conçu : « Tengan cuenta especialmente la Madre Priora con que haya buenos libros *Cartujanos, Flos Santorum, Contentus mundi*, oratorio de Religiosos, Fray Luis de Granada, ó fray Pedro de Alcántara, porque, » etc. La Fuente aurait dû mettre une ponctuation avant *Cartujanos* qui commence l'énumération, et s'apercevoir que oratorio de Religiosos désigne un ouvrage de Guevara.

2. La Fuente imprime ce passage ainsi : « eran los morales de San Gregorio, y las obras del Cartujano, y el Abecedario de Osuna en la subida del monte, en las obras del padre fray Luis de Granada, *Arte de servir á Dios* y contemptus mundi, y las vidas de los santos. »

additions du Grand Inquisiteur D. Fernando de Valdés, à
Tolède en 1551; l'Index du même Valdés de 1559, et l'Index
du cardinal Quiroga de 1583. Je cite le premier d'après la
reproduction phototypique faite à New-York par M. A. M. Hun-
tington, et les deux derniers d'après Fr. H. Reusch, *Die Indices
librorum prohibitorum des sechzehnten Jahrhunderts*, Tübingue,
1886 (t. CLXXVI des publications du *Litterarischer Verein* de
Stuttgart).

## I. La Bible.

Sainte Thérèse mettait l'Écriture Sainte très au-dessus de ce
qu'ont écrit les hommes, quelque pieux et doctes qu'ils fussent.
Parlant dans ses *Fondations* d'un chanoine de Tolède, le
Dr Velázquez, qui l'avait confessée et consolée spirituellement,
elle dit : « Il me fut d'un grand secours, car il me rassurait
à l'aide de choses de la Sainte Écriture, qui est ce qui m'importe le plus[1]. » En diverses circonstances, elle insiste sur la
valeur de telle partie des livres sacrés qui à ses yeux remplace
avantageusement toute autre littérature. « Toujours, » écrit-elle
dans le *Chemin de perfection*, « toujours les paroles que les
Évangiles produisent telles qu'elles sortirent de cette bouche
très sacrée m'ont plus attachée et recueillie que les écrits les
mieux composés : ceux-là, surtout s'ils n'étaient point d'un
auteur très approuvé, je n'éprouvais pas l'envie de les lire[2]. »
Le *Cantique*, même à travers le latin qu'elle ne comprend pas,
aussi bien que l'*Oraison dominicale*, ces deux morceaux d'inspiration divine valent « les livres les plus dévots »[3] ou lui
paraissent contenir « la plus haute méthode de contemplation »
et « le chemin spirituel dès son point de départ »[4]. Une fois

---

1. « Me hiço gran provecho, porque me asiguraba con cosas de la sagrada escritura, que es lo que mas á mí me hace al caso » (*Fundaciones*, ch. XXX ; E. I, 241ª).
2. « Siempre yo he sido aficionada y me han recogido mas las palabras de los
Evangelios que se salieron por aquella sacratísima boca, ansi como las decia, que
libros muy bien concertados; en especial, si no era el autor muy ya aprobado, no
los habia gana de leer » (*Camino de perfección*, ch. XXXIV ; E. I, 345ª).
3. « Cada vez que oyo ó leo algunas palabras de los Cantares de Salomon, en
tanto extremo que, sin entender la claridad del latin en romance, me recogia mas y
movia mi alma que los libros muy devotos que entiendo » (Prologue des *Conceptos*,
E. I, 387ª).
4. « Es cosa espantosa cuan subido en perfecion es esta oracion evangelical,...
parece no hemos menester otro libro, si no estudiar en este, porque hasta aquí ha

elle regrette son impuissance à extraire de l'Écriture tout ce qui « doit s'y trouver » pour bien définir la paix de l'âme dans le mariage spirituel[1].

Avant d'évaluer ce qu'elle possédait de l'Ancien comme du Nouveau Testament, il convient de rechercher comment elle a pu connaître les livres saints et s'en assimiler les passages qu'elle a utilisés et qui ont aidé à son éducation religieuse.

Thérèse n'entendait pas le latin de la Vulgate : elle l'affirme elle-même et à tout propos elle se dit « sans lettres ». Son ignorance du latin est aussi attestée par l'un de ses premiers biographes, qui entra très avant dans son intimité et la confessa, le P. Diego de Yepes. « Femme, » dit-il de Thérèse, « qui jamais n'eut la curiosité de comprendre un mot de latin, à la différence d'autres religieuses qui font les savantes et les entendues[2]. » Toute explication d'ordre surnaturel étant ici écartée[3], il reste que Thérèse connut l'Écriture soit par des traductions, soit par des explications que lui fournirent les théologiens de son entourage, seuls qualifiés à son avis pour interpréter le latin de la Vulgate; car cette femme, qui prisait tant le savoir chez ses directeurs et ses confesseurs, n'en voulait à aucun prix pour elle ni pour ses religieuses. Le même P. Yepes conte l'histoire d'une jeune fille de Tolède, qui, désireuse de se faire carmélite et ayant annoncé qu'elle apporterait au monastère une Bible, reçut de la Mère Thérèse la réponse suivante : « Une Bible, ma fille! Ne venez pas chez nous. Nous sommes des femmes ignorantes et nous ne nous occupons de faire que ce qu'on nous ordonne. Nous ne voulons ni de vous ni de votre Bible[4]. » La Bible en question

enseñado el Señor todo el modo mas alto de contemplacion. » — « Jamas vino á mi pensamiento que habia tan gran secreto en esta oracion evanjelical que ansí encerrase en sí todo el camino espiritual desde el principio » (*Camino de perfección*, ch. LXV et LXXVI; E. I, 367ª et 374ᵇ).

1. « ¡o jesus! y quien supiera las muchas cosas de la escritura que deve aver para dar a entender esta paz del alma! » (*Moradas*, VII, 3; E. I, 486ª).

2. « Con ser una muger que jamas tuuo curiosidad en entender vna palabra de Latin, como lo hazen otras Monjas que se precian de bachilleras y entendidas » (*Vida, virtud y milagros de Teresa de Jesus*, livre III, ch. XXVIII, § 2).

3. Le P. Yepes admet naturellement, sur certaines déclarations de Thérèse (*Vida*, ch. XX et *Conceptos*), que Dieu dévoila à sa servante le sens de quelques passages de la Vulgate.

4. Lettre adressée à Fr. Luis de León, premier éditeur des œuvres de Thérèse (E. I, 568ª). Yepes fait allusion à cet écrit dans sa *Vida de Teresa de Jesus*, Prologue, § 4.

ne pouvait être qu'une Bible latine[1] : ce n'était pas au livre
qu'en voulait Thérèse mais aux prétentions du bas bleu. En
une autre occasion, Thérèse écrivit à la Mère María de San
José : « Dieu préserve toutes mes filles de se donner pour
*latines*... J'aime bien mieux qu'elles cherchent à paraître
pauvres d'esprit, ce qui convient très bien à des saintes, que
de paraître si savantes[2]. » Tout ce qu'elle demandait à ses
filles, c'est qu'elles sussent lire et prononcer le latin pour le
service du chœur et parce que la règle l'exigeait[3].

En ce qui concerne les traductions des livres bibliques dont
Thérèse a pu se servir, il faut distinguer entre la première et
la seconde moitié de sa vie, ou, ce qui revient à peu près au
même, entre la première et la seconde moitié du xvi° siècle.

Depuis l'établissement de l'Inquisition espagnole jusqu'en
1551, la traduction et la lecture de la Bible en langue vulgaire
ne furent pas prohibées par mesure générale, comme plus
tard, quoique l'archevêque Carranza ait été trop loin en disant :
« Je ne sache pas qu'avant que les hérésies du maudit Luther
fussent sorties de l'Enfer à la lumière du monde on ait nulle
part interdit la Sainte Écriture en langue vulgaire[4]. » La
vérité est que l'Inquisition espagnole pourchassait les Bibles
traduites quand elle les supposait contaminées de judaïsme.
Villanueva parle de Bibles brûlées à Salamanque en 1492 :
« Anno Domini 1492, die 25 mensis septembris, quaedam Bi-
bliae in lingua materna scriptae... traductae secundum Bibliam
Hebraeorum... in praesentia omnium fuerunt concrematae[5]. »

1. M. Lea pense, au contraire, que cette Bible était en langue vulgaire (*Chapters
from the Religious History of Spain*, Philadelphie, 1890, p. 49), mais le fait n'a pu se
passer qu'après la fondation du monastère de Tolède qui remonte à l'année 1569, et
à cette époque toute traduction complète ou fragmentaire de la Bible était depuis
longtemps interdite en Espagne. Si la jeune fille avait apporté une Bible espagnole,
Thérèse l'aurait pris sur un tout autre ton.

2. « Dios libre á todas mis hijas de presumir de latinas... Harto mas quiero que
presuman de parecer simples, que es muy de santas, que no tan retóricas » (*Cartas*,
n° 112 ; E. II, 100ᵇ).

3. « Ellas deprenderán bien a leer latin, porque está mandado no se reciba nen-
guna sin saberlo » (*Cartas*, n° 27 ; E. II, 24ᵇ).

4. Villanueva, *De la leccion de la Sagrada Escritura en lenguas vulgares*, Valence,
1791, p. 2. M. Lea exagère aussi quand il dit : « form the thirteenth to the sixteenth
century there was no proscription of vernacular Bibles ». (*A History of the Inquisition
of Spain*, t. III, p. 527.)

5. Villanueva, *liv. cit.*, p. 16.

D. José Enrique Serrano y Morales a publié plusieurs documents des années 1497 et 1498 ordonnant la saisie ou la crémation à Valence de « brivias en romance » ou de « bibries en pla o saltiris en pla o altres qualseuol libres en los quals haja salms en pla »[1]. A Barcelone, de même, nous constatons qu'en 1498 furent brûlés sur la grande place de la ville « les biblies en pla e altres libres en pla descendents de la biblia »[2]. L'un des documents produits par M. Serrano condamne même expressément toute tentative de traduire la Bible dans la langue moderne, dont le vocabulaire ne se prête pas à rendre le texte sacré, alors que le latin de saint Jérôme, qui a reçu l'approbation de l'Église, répond à tous les besoins. Mais ces mesures de proscription n'avaient pas de caractère général; elles n'étaient prises que lorsque les inquisiteurs croyaient s'apercevoir que les traductions servaient aux judaïsants à altérer le texte biblique dans l'intérêt de leur croyance.

L'Index publié à Tolède en 1551 introduit un régime nouveau; au nombre des «libros reprobados en lengua castellana» il met en premier lieu la Bible en quelque langue vulgaire que ce soit : « Biblia en romance castellano [o] en otra qualquier vulgar lengua. » A première vue, on serait tenté de croire que cette prohibition suppose l'existence d'une ou de plusieurs Bibles castillanes *imprimées*, les Index ne visant guère de livres manuscrits, mais aucun bibliographe ne nous a encore décrit une Bible castillane en lettres de forme antérieure à la Bible juive de Ferrare publiée en 1553, qui naturellement ne contient que l'Ancien Testament. Et pourtant les érudits qui se sont occupés de l'histoire religieuse de l'Espagne admettent, sans d'ailleurs préciser, une large circulation de versions bibliques vers le milieu du xvi⁰ siècle et s'appuient entre autres sur l'autorité de l'archevêque Carranza dans ses *Comentarios sobre el catechismo* (1558). Carranza, après avoir expliqué les motifs de la prohibition de la Bible en langue vulgaire, dit qu'à son avis certains livres du texte sacré

---

1. *Reseña histórica de las imprentas en Valencia*, Valence, 1898-1899, p. 151-155.
2. *Manual de novells ardits, vulgarment appelat Dietari del Consell Barceloni*, t. III, (Barcelone, 1894), p. 146.

peuvent être lus par tous sans inconvénient, comme les livres
sapientiaux et historiques de l'Ancien Testament, ou quelques
Évangiles et Épîtres du Nouveau avec les Actes des Apôtres, et
que même une traduction complète, un peu libre et com-
mentée, conviendrait à certaines personnes sensées et pru-
dentes qui profiteraient de cette lecture mieux que d'autres
qui savent le latin et ont de l'instruction. Puis il ajoute ces
paroles très intéressantes : « Yo tengo esperiencia de esto, y así
lo puedo certificar con verdad, que de mi consejo han leido
toda la Sagrada Escritura algunas Personas, viendo que con-
currian en ellas las partes que me parecian necesarias, y que
sacaron muy gran fruto para su consolacion y correccion de
vida. Entre estas fueron algunas mugeres que ni Paula, ni
Eustoquio, nobles Romanas, á cuya peticion les trasladó
S. Gerónimo la Escritura segun la verdad Hebráica, la pudie-
ron leer mas dignamente, si yo por la bondad de Dios tengo
algun juicio en esto[1]. » A quelles femmes, Carranza faisait-il
ainsi lire « toute la Sainte Écriture », et dans quel texte vulgaire la leur présentait-il? C'est ce que malheureusement nous
ignorons. Est-il bien sûr d'ailleurs qu'il s'agisse ici de femmes
espagnoles? Carranza a beaucoup voyagé et séjourné à l'étran-
ger, il a notamment passé trois ans en Angleterre où précisé-
ment il s'occupa de la question biblique; il ne me paraît donc
pas démontré que le passage cité s'applique à l'Espagne.
M. Lea s'appuie encore sur deux passages du procès de María
Cazalla (1534)[2], le premier où il est dit : « Se acostumbra por
mujeres católicas leer algunos libros de la Sagrada Escritura
en romance, » et l'autre où l'accusée réplique en ces termes à
une accusation portée contre elle : « Pero si por leer una epís-
tola en romance se hubiese de imputar á delito ó se hubiese
de tomar como predicacion, pocas mujeres habría devotas
ó que supieran leer que no fuesen notadas de esto, que no es
herejía ni delito de ninguna clase[3]. » Remarquons toutefois

1. Je cite ce passage d'après Villanueva, *De la leccion de la Sagrada Escritura en lenguas vulgares*. Append. 1, p. LXXIX.
2. *Chapters from the Religious History of Spain*, p. 46.
3. Julio Melgares Marín, *Procedimientos de la Inquisicion*, Madrid, 1886, t. II, p. 110 et 114.

qu'il n'est question ici que de certains livres de la Bible *en romance* et non d'une Bible complète. Si une Bible castillane avait été imprimée avant 1551, comment aurait-elle disparu sans laisser la moindre trace? On pourrait invoquer, il est vrai, l'exemple de la Bible catalane, celle de Bonifaci Ferrer, dont l'édition a été totalement détruite, moins quelques feuillets que sauvèrent des érudits du XVII° siècle[1]. La Bible castillane aurait-elle subi le même sort? C'est possible, quoique nous ne le sachions pas[2], et jusqu'à preuve du contraire j'inclinerais à croire que la prohibition de 1551 fut plutôt une mesure préventive à l'adresse des imprimeurs qui auraient pu être tentés d'imprimer quelqu'une des versions manuscrites de la Bible castillane du Moyen-Age qui ont été étudiées par Éd. Boehmer dans le tome II de ses *Spanish Reformers* et par S. Berger dans le tome XXVIII de la *Romania*. Mais après 1553, les Inquisiteurs se trouvaient en présence de la Bible juive imprimée à Ferrare dont ils avaient le devoir d'interdire la circulation en Espagne. L'Index de Valdés de 1559 ne la mentionne pas expressément; il prohibe en général la « Biblia en nuestro vulgar o en otro qualquier traduzido en todo o en parte, como no este en Hebraico, Chaldeo, Griego o Latin » (Reusch, p. 232), puis une série de livres traduits de l'Ancien comme du Nouveau Testament, et enfin le « Testamento nuevo en qualquier lengua vulgar, y en especial los Testamentos impressos en Venecia, en casa de Joan Philadelfo año de 1556 sin nombre del traductor » (Reusch, p. 239), article qui vise les testaments protestants de Francisco de Enzinas (1543) et de Juan Pérez (1556). Pour plus de sûreté encore, Valdés interdit un nombre considérable de

---

1. Haebler, n° 49. Il est prouvé maintenant que le Psautier imprimé à Barcelone vers 1480 et qui se dit « tret de la biblia de stampa », est une réimpression de cette partie de la Bible de Ferrer (Haebler, n° 560), mais on n'en connaît plus que le seul exemplaire de la Bibliothèque Mazarine. — Cipriano de Valera déclare avoir eu sous les yeux un exemplaire de la Bible de Ferrer (Préface de sa Bible, imprimée à Amsterdam, 1602).

2. Il est remarquable que Cipriano de Valera, après avoir énuméré les traductions espagnoles de la Bible qu'il a vues et qui sont la Bible catalane de Ferrer, la Bible juive de 1553, celle de Casiodoro de Reyna de 1569 et les Nouveaux Testaments de Francisco de Enzinas et de Juan Pérez, ajoute ces mots : « Estas impressiones he yo visto : fuera de las que con la injuria del tiempo, y con la persecucion de los enemigos de la Cruz de Christo nuevos Antiocos, se han perdido » (*La Biblia que es los sacros libros del viejo y nuevo testamento*. Amsterdam, 1602. Préface). Ces versions perdues, les tenait-il pour imprimées ou pour manuscrites?

Livres d'heures imprimés en Espagne ou hors d'Espagne et ordonne la remise à l'Inquisition des impressions volantes ou des copies manuscrites de passages des Évangiles ou des Épîtres de saint Paul : « Y porque ay algunos pedaços de evangelios y epistolas de Sant Pablo y otros lugares del Nuevo Testamento en vulgar Castellano, ansi impressos como de mano, de que se han seguido algunos inconvenientes, mandamos que... se entreguen al Sancto Officio » (Reusch, p. 240). L'Index de Quiroga de 1583 confirme les précédents, mais introduit toutefois par sa règle sixième une légère atténuation aux défenses prononcées antérieurement: « Prohibense las Biblias en lengua vulgar con todas sus partes, pero no las clausulas, sentencias o capitulos que de ella anduvieren insertos en los libros de catholicos que los explican o alegan, ni menos las epistolas y evangelios que se cantan en la missa por el discurso del año, no estando de por si solas, sino juntamente con los sermones o declaraciones que para edificacion de los fieles se han compuesto o compusieren por autores catholicos » (Reusch, p 383).

A aucune époque de sa vie, ni avant 1551 ni après, Thérèse n'a eu à sa disposition un texte complet de la Bible en castillan; elle n'a connu de la Bible que les parties contenues dans la liturgie ou dans les livres d'édification qu'elle lisait ou encore dans les citations des prédicateurs dont elle écoutait la parole avec avidité [1].

Le Nouveau Testament lui était, il va de soi, beaucoup plus familier que l'Ancien, aussi bien par la place considérable que les Évangiles et les Épîtres occupent dans la liturgie que parce que la vie du Christ et surtout sa passion devinrent de bonne heure le sujet presque exclusif de ses pensées. De très notables portions des Évangiles et des Épîtres, tout l'Ordinaire de la messe, furent de bonne heure mis à la portée des fidèles par deux traductions, celle de Gonzalo de Santa María, *Evangelios*

1. « era afiçionadisima a ellos [los sermones], de mane [ra] que si via a alguno predicar con espiritu y bien, vn amor particular le cobrava sin procurarle yo, que no se quien me le ponia, casi nunca me pareçia tan mal sermon que no le oyese de buena gana, anque al dicho de los que le oyan no predicase bien : si era bueno, erame muy particular rrecreaçion » (*Vida*, ch. VIII ; E. I, 40ª).

*y epistolas de todo el año*, Saragosse, 1485, et celle de Fr. Ambrosio de Montesino, *Evangelios, Epistolas, Leciones y prophecias que la sancta yglesia canta en la missa por todo el año*, Tolède, 1512, dont Mayans a dit, dans son *Orador cristiano*, qu'elle est un « monument du pur langage espagnol »[1]. Le livre de Montesino, six fois réimprimé du vivant de notre sainte[2], et, dans l'édition de Burgos 1555 au moins, illustré de bois représentant diverses scènes de l'histoire du Christ, devait figurer souvent dans les petites « librairies » de familles pieuses comme celle des Sánchez de Cepeda : il serait surprenant que Thérèse ne l'eût pas eu entre les mains. Dans sa première jeunesse aussi, et surtout avant son entrée comme pensionnaire au couvent des augustines d'Avila, elle a dû posséder tel ou tel de ces livres d'Heures en espagnol proscrits par l'Index de 1559 qui en signale plus d'une trentaine, dont plusieurs imprimés à Paris ou à Lyon ; elle y pouvait trouver, à côté de l'office de la Vierge, du Rosaire, que sa mère lui faisait réciter, et de bien d'autres prières, un récit de la Passion tiré des Évangiles[3]. Mais le livre où il y a lieu de croire qu'elle a puisé plus que

1. Voyez Gallardo, *Ensayo*, t. III, col. 866. — Aux traductions de ces deux auteurs, il fau[t] encore ajouter les *Epistolas y Evangelios*, Séville, 1506, dont un exemplaire existe à la Bibliothèque de Vienne et dont Boehmer a donné des extraits (*Spanish Reformers*, t. II, p. 342 e[t] suiv.), puis une autre version partielle des Évangiles liturgiques par Fr. Juan López, *Libro de los evangelios del aviento fasta la dominica in passione, moralizados*, Zamora, 1490 (Gallardo, *Ensayo*, t. III, col. 425, et Haebler, n° 366). Montesino dit avoir « corrigé » une ancienne version, « porque estava muy corrompida, confusa y disforme, assi por la impropiedad y torpedad de los vocablos que tenia, como por la confusion y escuridad de las sentencias » (Voyez sa lettre à Ferdinand le Catholique reproduite par C. Pérez Pastor, *La Imprenta en Toledo*, n° 163). Cette ancienne version devait être celle de Gonzalo de Santa Maria ou celle de Séville, 1506.

2. A Tolède en 1532 et 1535 (C. Pérez Pastor, *La Imprenta en Toledo*, n°° 159 et 164), à Anvers en 1543, 1544 et 1558 (Boehmer, *Spanish Reformers*, t. II, p. 359), puis à Burgos en 1555. Cette dernière édition, qui existe à la Bibliothèque Nationale de Paris sous la cote B 21,306, est intitulée : *Evangelios Epistolas; Leciones : y prophecias que la sancta yglesia canta en la Missa por todo el año. Nuevamente hystoriados...* Burgos en casa de Juan de Junta. Año 1555. Parmi les illustrations de ce volume, on voit au fol. 74v° Jésus auprès du puits et la Samaritaine qui verse de l'eau dans une cruche. C'est une image de ce genre que se procura sans doute Thérèse et qu'elle aimait tant à contempler (voy. la *Vida*, ch. XXX ; E. I, 93b).

3. Le Catalogue des *Livres d'Heures, imprimés au XVe et au XVIe siècle, conservés dans les Bibliothèques publiques de Paris*, par M. Paul Lacombe (Paris, 1907), décrit sept livres d'Heures espagnoles de Paris, de Lyon et d'Anvers ; le plus ancien est de Simon Vostre, 1499. Il serait fort à désirer qu'un bibliographe espagnol étudiât les nombreuses Heures imprimées dans diverses villes d'Espagne au XVIe siècle, en inventoriant soigneusement les pièces qu'elles contiennent et dont on peut tirer de précieux renseignements sur la vie religieuse chez le peuple et les femmes.

partout ailleurs une large connaissance des Évangiles est la
*Vita Christi* de Ludolphe de Saxe, que le même Ambrosio de
Montesino, traducteur des *Évangiles* et des *Épîtres*, mit en
castillan à la demande des Rois Catholiques, Ferdinand et
Isabelle. Comme cet ouvrage a été cité par Thérèse dans sa *Vie*,
qu'elle ordonna de le mettre dans la bibliothèque de ses monastères et qu'au témoignage de la Mère María de San Francisco
il fut une des lectures de prédilection de la sainte, je lui consa-
crerai plus bas une notice spéciale. Ici nous n'avons à le considérer qu'au point de vue purement scripturaire. La *Vita Christi*
est une Concorde des quatre Évangiles, enrichie d'abondants
commentaires, et où le traducteur a eu soin de distinguer typo-
graphiquement le texte sacré, soit en employant un plus gros
caractère, soit en se servant de guillemets [1]. En somme, le
livre remplaçait presque une traduction des Évangiles. Comme
il est rare que Thérèse cite textuellement des passages des
quatre Évangélistes et qu'en outre, en citant, elle devait se fier
souvent à sa mémoire, on ne réussirait guère à donner une
démonstration péremptoire des emprunts qu'elle a pu faire à
la version de Montesino. Toutefois, certaines coïncidences
éveillent l'attention. Nous savons par exemple qu'après le
morceau capital de la Passion, trois épisodes de l'histoire du
Christ ont particulièrement captivé la sainte et se sont telle-
ment gravés dans son esprit qu'elle y fait allusion dans presque
tous ses écrits : la conversion de la Madeleine, la rivalité de
Marthe et de Marie et la rencontre du Christ et de la Samaritaine [2]. Or, ces trois épisodes font l'objet de trois chapitres

---

1. « Contiene por orden muy loable todo el testo de los quatro euangelistas con
hermosura de concordia & con declaracion de todo lo que en ellos se contiene con los
dichos de todos los principales doctores griegos & latinos... ordene todo lo que del
testo del euangelio trata este doctor [Ludolpho] en tal manera que fuesse conocido
entre las otras palabras deste libro y de todos los otros doctores que trae para declaracion del sacro euangelio, escriuiendolo de otra letra mas gruessa porque se reconoz-
can sin pena las palabras diuinas entre las humanas » *(Prohemio epistolar).*

2. MADELEINE : « era yo muy deuota de la gloriosa madalena y muy muchas veces
pensaua en su conversion, en especial quando comulgava » *(Vida,* ch. IX ; E. I, 40b).
Cf. *Vida,* ch. XXII ; E. I, 72ª et 72b ; *Relacion* IX ; E. I, 168ª ; *Camino,* ch. XXVI ;
E. I, 339ª, et ch. XLI ; E. I, 350b ; *Moradas* VI, 11. E. I, 481b ; *Moradas* VII, 2 ; E. I, 48ª ;
*Moradas* VII, 4 ; E. I, 488ª. — MARTHE et MARIE : « Acuerdome algunas veces de la
queja de aquella santa mujer Marta », etc. *(Exclamaciones* V ; E. I, 494b). Cf. *Vida,*
ch. XVII ; E. I, 58ª, et ch. XXII ; E. I, 71b ; *Camino,* ch. XXVI ; E. I, 339ª, et ch. LIII ;

consécutifs dans la *Vita Christi* traduite par Montesino, ce sont les chapitres XL à XLII de la première partie. Thérèse trouvait là réunis en quelques pages les plus beaux incidents féminins de l'histoire du Christ qui la touchaient jusqu'au fond de l'âme. Peut-être aussi, comme on le voit par le chapitre XIII de la *Vie*, l'intérêt particulier qu'elle semble avoir pris à l'une des scènes de la Passion, ce que traditionnellement et iconographiquement l'on appelle le *Christ à la colonne*, lui vient-il en partie[1] du chapitre LXII du quatrième volume de Ludolphe intitulé : « Comment Notre-Seigneur fut attaché à la colonne, » et où il est parlé en détail de la colonne de la flagellation et rappelé qu'elle fut inégalement partagée entre l'église de Sainte-Praxède à Rome et celle du mont Sion de Jérusalem [2]. Plus on examinera avec attention la version espagnole de la *Vita Christi*, non seulement sa partie narrative tirée des Évangiles et paraphrasée, mais aussi ses copieux commentaires qui vul-

E. I, 357ª; *Conceptos*, ch. VII; E. I, 403ᵇ; *Moradas* VII, 4; E. I, 488ª. — SAMARITAINE : «o que de veçes me acuerdo del agua biva que dijo el señor a la samaritana, y ansi soy muy afiçionada a aquel evanjelio», etc. (*Vida*, ch. XXX; E. I, 93ᵇ). Cf. *Fundaciones*, ch. XXXI; E. I, 249ª; *Camino*, ch. XXIX; E. I, 341ᵇ; *Conceptos*, ch. VII; E. I, 404ª; *Moradas* VII, 11; E. I, 480ª. — Sur la Madeleine, Thérèse a pu lire aussi l'*Historia de la bendita Magdalena sacada largamente de los euangelios & otras partes, por mandado de la muy alta & catholica reyna doña Ysabel de buena memoria para que los deuotos desta gloriosa santa puedan saber complidamente su vida*. Tolède, 1521 (P. Salvá, *Catálogo*, nº 3457). Dans l'inventaire de Ferdinand Colomb, on trouve décrite une *Historia de Santa Maria Madalena*, Burgos, 1514, qui doit être le même ouvrage (Gallardo, *Ensayo*, t. II, col. 547).

1. En partie seulement, car il est très probable que cet intérêt lui fut suggéré également par la vue de représentations figurées, sculptures, peintures et gravures, comme celle dont il est question au commencement du chapitre IX de la *Vie*. Ribera rapporte (*Vida de la Madre Teresa*, livre Iᵉʳ, ch. VII) que Thérèse, étant en conversation au parloir de l'Incarnation, Notre Seigneur lui montra un de ses bras blessé et d'où pendait un morceau de chair, « comme lorsqu'il était attaché à la colonne, » pour lui reprocher son ingratitude. D'après le P. Francisco de Santa María (*Reforma de los Descalços*, livre Iᵉʳ, ch. XIV), Thérèse, en souvenir de cette vision, fit peindre la flagellation du Christ dans un hermitage du monastère de San José; voyez Ilye Hoys, *L'Espagne thérésienne ou pèlerinage d'un Flamand à toutes les fondations de sainte Thérèse*, Gand, 1893, planche IX, où est reproduite cette peinture. Une autre peinture murale du Christ à la colonne qui se trouve à l'Incarnation d'Avila ne date que de 1869 (Ilye Hoys, *liv. cit.*, pl. VII); mais le tableau qu'on voit au monastère des déchaussés de Pastrana, et où le Christ porte au cou une écorchure, y fut apporté par la sainte elle-même, comme l'indique une inscription (Ilye Hoys, *liv. cit.*, pl. XVI).

2. « De laqual [columna] alguna parte se muestra en Roma, en la yglesia de Sancta Pravedis, mas la mayor parte dizen que esta en la yglesia del monte de Sion en Jerusalen, en el lugar adonde se canta & pronuncia el euangelio; y en esta columna (segun dize el venerable Beda) parescen claras hasta el dia de oy, a vista de todos, las muy ciertas manchas y señales de la sangre del Rey del cielo a los que la quieren mirar. »

garisent à l'adresse des lecteurs ignorants tant de passages des
Pères et des Docteurs du Moyen-Age, plus on constatera, je
crois, que Thérèse s'y est instruite et y a puisé l'essentiel de la
connaissance des Évangiles dont elle fait montre dans ses
œuvres. Notons aussi que le soin qu'elle a eu dans ses *Constitutions* de recommander aux prieures des monastères de carmélites l'acquisition en premier lieu des *Cartujanos*, c'est-à-dire
des quatre volumes de la *Vita Christi*, traduits par Montesino,
indique assez qu'elle considérait ce livre comme un équivalent
de la parole de Dieu, jugée par elle bien plus utile à ses filles
que celle des hommes même les plus recommandables par
leur doctrine et leur piété. A coup sûr, d'autres traductions
partielles ou paraphrases des Évangiles, en prose ou en vers,
ont pu passer sous les yeux de Thérèse : les bibliographes
citent une *Passion de Christo*, d'après les quatre Évangélistes,
imprimée à Burgos vers 1493 (Haebler, n° 522), puis, sous le
nom d'Andrés de Li, un *Thesoro de la Passion*, Saragosse, 1494
(Haebler, n° 200), et, en vers, nous avons, par exemple, *La
Passion de nuestro redemptor y saluador Jesu Christo trobada por
Diego de San Pedro*, s. l. n. d., mais vers 1520 (P. Salvá, *Catálogo*, n° 954); toutefois la *Vita Christi* contenant l'ensemble de
l'histoire évangélique, avec beaucoup d'explications exégéti-
ques et autres, la dispensait de recourir à d'autres livres.

Des Épîtres du Nouveau Testament, Thérèse, ce qui n'a pas
lieu de surprendre, paraît n'avoir connu que celles de saint
Paul. Elle avait pour l'Apôtre des Gentils un véritable culte.
Au chapitre XXIX de la *Vie*, elle dit de saint Pierre et de saint
Paul que « ces glorieux saints étaient ses patrons très parti-
culiers » [1], mais ce dernier lui était encore plus cher, elle le
sentait plus près d'elle en quelque sorte, par certains traits de
caractère et par sa conversion si dramatique qui lui rappe-
laient des sentiments qu'elle avait éprouvés. Aussi ne s'étonne-
t-on pas de la voir choisir le nom de Pablo comme l'un des
pseudonymes qui lui servaient à désigner son principal colla-
borateur dans la réforme du Carmel et son intime ami, le

---

1. « eran estos gloriosos santos muy mis señores » (*Vida*, ch. XXIX; E. I, 88b).

P. Gracián. Plusieurs expressions fortes ou pittoresques des épîtres de saint Paul lui étaient demeurées dans la mémoire et elle aime à les rappeler; par exemple, le verset suivant : *Omnia possum in eo, qui me confortat* (Ad Philipp. IV, 13), et cet autre : *Fidelis autem Deus est, qui non patietur vos tentari supra id quod potestis* (I Ad Corinth., X, 13), qui reviennent tous les deux trois fois dans ses écrits [1]. Une fois elle cite le verset Ad Philipp. I, 21, en latin, à sa façon : *Miqi bibere cristus est, mori lucrun* [2]. A deux reprises, elle rapporte la pensée de saint Paul, non d'après le texte même de l'épître, mais d'après « un livre » dont le titre n'est pas donné [3], et, dans une autre occurrence, elle attribue à saint Paul *ou au Christ* une parole qui est de ce dernier et qui se trouve dans l'Évangile de saint Luc, XVII, 10 : *Servi inutiles sumus: quod debuimus facere, fecimus* [4]. Ces citations indirectes et ces hésitations semblent indiquer qu'elle n'eut jamais à sa portée une traduction complète des Épîtres de l'Apôtre; elle n'a dû connaître de cette littérature épistolaire que ce que lui fournissaient les versions des Épîtres liturgiques, comme celle de Montesino, et peut-être, avant 1559, les feuilles volantes contenant des morceaux d'Épîtres mentionnées dans l'Index de Valdés. — De l'Apocalypse, Thérèse ne fait jamais mention.

Quant à l'Ancien Testament, il faut établir une distinction entre les livres historiques, sapientiaux et prophétiques d'une part, et les Psaumes et le Cantique de l'autre.

Du premier groupe, Thérèse possédait une connaissance

---

1. « otro tiempo traya yo delante muchas veçes lo que dice san pablo que todo se puede en dios » (*Vida*, ch. XIII; E. I, 48 ª); — « De los santos no digo nada, todo lo podrán en Cristo, como decia san Pablo » (*Camino*; E. I, 374 ª); — « todo se puede en Dios, como dice san Pablo » (*Cartas*, nº 27; E. II, 23 ᵇ); — « ley en un libro... que decia san pablo que era dios muy fiel, que nunca a un dios le amavan consentia ser del demonio engañados » (*Vida*, ch. XXIII; E. I, 75 ª); — « dice san Pablo que no primite Dios que seamos tentados mas de lo que podemos sufrir » (*Relacion IX*; E. I, 170 ª); — « Mas no haya miedo, que san Pablo dice que no primite Dios seamos tentados mas de lo que podemos sufrir » (*Cartas*, nº 103; E. II, 93 ᵇ).

2. *Moradas* VII, 2; E. I, 483 ᵇ. Dans le manuscrit autographe, il y a plutôt *miqi* que *miqui*, et il y a sûrement *bibere* et non *vivere*, comme l'imprime La Fuente.

3. « ley en vn libro, que pareçe el señor me lo puso en las manos, que decia san pablo que era dios muy fiel » (*Vida*, ch. XXIII; E. I, 75 ª); — « estando leyendo en un libro, hallé otro dicho de san Pablo... » (*Relacion IX*; E. I, 170 ᵇ).

4. « mas a de ser con condición, y mira que os aviso de esto, que se tenga por siervo sin provecho, como dice san pablo y cristo » (*Moradas* III, 1; E. I, 443 ᵇ).

très sommaire, j'entends qu'elle savait seulement certains
détails de l'histoire du peuple d'Israël. Elle parle dans ses
écrits de Noé, d'Abraham, de Jacob, de Rachel et de Lia, de
Joseph, de Pharaou, partant de la captivité en Égypte, de
Moïse, de Saül, de Josué, dont elle croit que c'est lui qui a
fait arrêter le soleil, sans en être cependant tout à fait sûre [1],
de Gédéon, de Suzanne, de la femme de Loth (nom qu'elle
écrit, d'après son système, *Lod*), d'Élie, prétendu fondateur du
Carmel, qu'elle appelle « notre père », de Jonas, dont elle
connaît assez bien l'histoire [2], de Job [3], de David et de Salomon. A David, l'auteur des Psaumes qui occupent une si grande
place dans la liturgie du Carmel, elle a voué une dévotion
particulière et se réjouit d'avoir fondé un de ses monastères le
jour de la fête de ce roi [4]. Tout cela implique-t-il des lectures
faites dans une traduction complète de l'Ancien Testament,
que, d'ailleurs, on ne saurait où chercher, puisqu'il ne peut
être question ici ni de la Bible de Ferrare ni de la Bible pro-
testante de Casiodoro de Reina publiée seulement en 1569? Je
ne le pense pas. Ce que Thérèse sait des personnages de
l'Ancien Testament qui viennent d'être énumérés, elle l'a sans
doute pris dans certains livres de vulgarisation composés par
des ecclésiastiques séculiers ou des réguliers pour l'instruction
du peuple, comme par exemple, l'*Epitome y sumario de la vida
y excelencias de trece Patriarcas del Testamento nuevo* [5] *y de
nueve muy esclarecidas santas*, Séville, 1555, du dominicain
Fr. Domingo de Valtanas Mexia, auteur aussi de *La vida y
hechos admirables del Real profeta David y las excelencias del
Psalterio sobre las otras escrituras*, Séville, 1557, ou encore
dans des pièces du théâtre religieux populaire et des romances

---

1. « el que pudo açer parar el sol, por peticion de josue creo era... » (*Moradas* VI,
3; E. I, 466 ᵃ).
2. J'ai noté cinq allusions à Jonas : *Fundac.* ch. XX ; E. I, 215 ᵃ; ch. XXVIII, E. I,
231 ᵇ; *Moradas* V, 3; E. I, 457 ᵇ; VI, 3; E. I, 465 ᵃ; *Cartas*, nᵉ 181 ; E. II, 167 ᵃ.
3. L'histoire de Job lui était connue par la traduction des *Moralia in Job* de saint
Grégoire dont il sera parlé plus bas.
4. « Yo gusté mucho se fundase aquel dia [le monastère de Palencia], por ser el
rezado del rey David, de quien yo soy devota » (*Fundac.*, ch. XXIX ; E. I, 238 ᵃ).
5. *Sic* dans N. Antonio : je suppose qu'il faut lire *viejo* Dans l'Index de 1583, qui
condamne ce livre, le titre est transcrit de la façon suivante : *Historia de los Sancios
padres del Testamento Viejo, compuesta por fray Domingo Valtanas* (Reusch, p. 436).

vendus en feuilles volantes par les aveugles[1]. Une seule fois,
à propos de Moïse, elle se réfère à un livre, mais la façon dont
elle s'exprime[2] ne permet pas de décider s'il s'agit en général
de l'histoire du prophète ou d'un ouvrage spécial portant le
titre d'*Histoire de Moïse*, dont au surplus les bibliographes ne
nous disent rien.

« Que de choses il y a dans les Psaumes du glorieux roi
David qui, lorsqu'on nous les explique en notre langue, nous
demeurent néanmoins aussi obscures que le latin[3]! » Cette
exclamation de la Mère dans ses *Pensées sur l'amour divin*, tout
autant qu'un passage de la *Vie* où elle dit avoir mis quelque
temps à comprendre les mots *Ubi est Deus tuus* du
Psaume XLI[4], semblent indiquer qu'elle ne disposait pas d'une
version en langue espagnole du Psautier[5]. Les versets des
Psaumes auxquels elle se réfère dans ses œuvres sont presque
toujours cités en latin, parce qu'elle les avait en latin dans son
Bréviaire et se souvenait de les avoir psalmodiés, quoiqu'elle
s'accuse dans sa *Vie* de mal savoir l'Office et de mal chanter[6].
Quand Thérèse reproduit le texte de la Vulgate, elle l'accom-

1. Plusieurs romances « tirés à la lettre de l'Écriture » sont mis à l'Index en 1559
et 1583.

2. « Anoche estuve leyendo la historica de Moisén y los trabajos que daba á aquel
Rey con aquellas plagas » (*Cartas*, n° 4 du supplément; E. II, 343 b).

3. « Qué de cosas hay en los Salmos del glorioso rey David que, cuando nos decla-
ran el romance solo, tan escuro se nos queda como el latin! » (*Conceptos del amor
de Dios*, ch. I; E. I, 389 a).

4. « otras veçes parece anda el alma como neçesitadisima, diçiendo y preguntando
a sí mesma : donde esta tu dios? es de mirar que el rromance de estos versos yo no
sabia bien el que era, y despues que lo entendia me consolava de ver que me los avia
traydo el señor a la memoria » (*Vida*, ch. XX; E. I, 65 b).

5. Il existe un Psautier castillan imprimé sans lieu ni date, mais qui doit être de
Venise vers 1500. Le seul exemplaire connu se trouve à la Bibliothèque nationale de
Paris (Rés. A 2537). Comme Thérèse ne cite que rarement des passages de Psaumes
en espagnol, on ne peut guère établir de comparaison entre ses citations et le texte
de ce Psautier. Cependant, le fait que les mots des versets 4 et 11 du Psaume XLI sont
chez elle *donde esta tu dios*, alors que l'ancien Psautier met *donde es tu dios*, porte à
croire qu'elle ne l'a pas connu. En revanche, si elle n'a pas pu se servir du Psautier
protestant de Juan Pérez de Pineda imprimé à Venise en 1557, ni du Psautier *conforme
à la verdad hebraica* de Lyon, 1550, elle aurait pu voir, avant 1559, le Psautier du
médecin catholique hollandais Raynerius Snoy Goudanus (traduit en espagnol et
imprimé à Valladolid en 1548, puis à Anvers en 1555), aussi bien que les traductions
versifiées par le chapelain de la reine Éléonore, Hernando de Jarava, des Psaumes de
l'office des morts, des Psaumes graduels et des Psaumes de la pénitence et publiées
à Anvers de 1540 à 1556 (Boehmer, *Spanish Reformers*, t. II, p 360). Le *Psulterio de
Reynerio, en romance*, ainsi que les versions de Jarava sont à l'Index de 1559.

6. « entre mis falta tenia esta que sabia poco del rreçado .... sabia mal cantar »
(*Vida*, ch. XXXI; E. I, 97 a).

mode très généralement à sa prononciation d'illettrée, preuve qu'elle citait de mémoire. Elle remplace ainsi l'*m* ou le *t* final du latin par *n* ou *d*, l'espagnol ne connaissant pas les premières lettres à la fin des mots ; elle écrit *sun, cun, quen, modun, meun, dominun* pour *sum, cum, quem, modum, meum, dominum; ed, timed, sicud, desiderad, posuid* pour *et, timet, sicut, desiderat, posuit.* Après une consonne, le *t* latin disparaît : *sun* pour *sunt,* et *vul* pour *vull;* le groupe *ct* est ramené à *t : dita* et *faias* pour *dicta* et *factas;* le *qu* du latin est remplacé à l'espagnole par *gu : aguarum* pour *aquarum.* Parfois le texte est altéré : *letatun sun* pour *laetatus sum.* Quoique tous les Psaumes cités par Thérèse figurent dans la liturgie du Carmel et que la psalmodie pour être méritoire ne suppose pas l'intelligence du texte[1], il va de soi cependant que la carmélite comprenait au moins approximativement les versets du Psautier qui lui venaient à l'esprit en écrivant et qui lui servaient à préciser sa pensée ou à donner plus d'autorité à son discours.

Voici, sauf erreur, la liste des citations textuelles des Psaumes que j'ai relevées dans les écrits de Thérèse. Je donne le texte de la Vulgate suivi de la transcription ou de la traduction de la Mère et du renvoi, pour le jour où l'on récite ces Psaumes, au *Psalterium* du Carmel, d'après le *Breviarium romanum ad usum Fratrum et Monialium Carmelitarum discalceatorum Ordinis B. M. V. de Monte Carmelo,* Rome et Tournai, 1900[2].

Ps. XLI, 1. *Quemadmodum desiderat cervus ad fontes aquarum;*

1. Dom Felletin à Durtal : « Soyez donc ... moins pincé avec Dieu. Il n'exige pas que vous démontiez, ainsi que des pièces d'horlogerie, les sujets de vos suppliques... Il vous demande seulement de les réciter; tenez, un exemple; choisissons une sainte dont vous ne récuserez pas la compétence, sainte Thérèse; elle ignorait le latin et ne souhaitait point que ses filles l'apprissent; et les Carmélites psalmodient cependant l'office en cette langue. Avec les minuties de vos conjectures, elles prieraient mal, alors! la vérité est qu'elles savent qu'en agissant de la sorte, elles chantent les louanges du Seigneur et l'implorent pour ceux qui ne l'implorent point et cela suffit; elles saturent de ces pensées ces mots dont elles ne saisissent pas d'une façon précise le sens et qui rendent leurs désirs d'une manière absolue » (Huysmans, *L'Oblat,* p. 184).

2. Je renvoie à ce Bréviaire, quoique Thérèse soit morte avant l'adoption par sa réforme du Bréviaire romain, mais je suppose que pour le Psautier il n'y a pas de différence entre les Bréviaires jérosolymitain et romain. Nous savons que la sainte s'est servie du Bréviaire publié à Venise en 1568, dont deux exemplaires lui ayant appartenu ont été signalés à Lisbonne et à Medina del Campo (Hye Hoys, *L'Espagne thérésienne,* pl. X). Antérieurement à 1568, elle en a eu d'autres qu'il serait intéressant de connaître. Voy. sur cette question du Bréviaire dans l'ordre du Carmel

transcrit : *quen ad modun desiderad çervus a fontes aguarun* (*Vie,* ch. XXIX; E. I, 89ᵇ). — v. 4 et 11. *Ubi est Deus tuus?* traduit : *donde esta tu dios?* (*Vie,* ch. XX; E. I, 65ᵇ). Mardi à matines.

Ps. LIV, 7. *Quis dabit mihi pennas sicut columbae?* Les mots *pennas columbae* sont traduits par *alas de paloma* (*Vie,* ch. XX; E. I, 67ᵃ). Mercredi à matines.

Ps. LXXXVIII, 1. *Misericordias Domini in aeternum cantabo;* traduit : *mas rresplandeçe el gran bien de vuestras misericordias, y con quanta rraçon las puedo yo para sienpre cantar!* (*Vie,* ch. XIV; E. I, 52ᵇ). Vendredi à matines.

Ps. XCIII, 20. *Qui fingis laborem in praecepto;* traduit : *que finjis travajo en vuestra ley* (*Vie,* ch. XXXV; E. I, 108ᵃ). Vendredi à matines. Cette citation a été indiquée, dans leur édition de la *Vie,* par les carmélites de l'Incarnation (*Œuvres complètes de sainte Térèse,* Paris, 1907, t. II, p. 61).

Ps. CI, 8. *Vigilavi, et factus sum sicut passer solitarius in tecto;* transcrit : *vigilavi ed fatus sun sicud passer solitarivs yn tecto* (*Vie,* ch. XX; E. I, 65ᵃ). Samedi à matines.

Ps. CXI, 1. *Beatus vir qui timet Dominum;* transcrit : *beatus vir qui timed dominun* (*Château de l'âme,* III, 1; E. I, 442ᵇ); traduit : *bienaventurado el varon que teme a dios* (*Château de l'âme,* VII, 4; E. I, 487ᵃ). Dimanche à vêpres.

Ps. CXV, 2. *Omnis homo mendax;* traduit : *todo onbre es mentiroso* (*Château de l'âme,* VI, 10; E. I, 479ᵃ). Lundi à vêpres.

Ps. CXVIII, 32. *Cum dilatasti cor meum;* transcrit : *cun dilatasti cor mevn* (*Château de l'âme,* IV, 1 et 2; E. I, 446ᵇ et 448ᵇ). — v. 137. *Justus es, Domine, et rectum judicium tuum;* transcrit et traduit : *justus es, domine, y tus juyçios* (*Vie,* ch. XIX; E. I, 62ᵇ). Dimanche à prime et à none.

Ps. CXXI, 1. *Laetatus sum in his quae dicta sunt mihi;* transcrit : *letatun sun yn is que dita sun miqui* (*Vie,* ch. XXVII; E. I, 84ᵇ). Mardi à vêpres.

Ps. CXLII, 2. *Non justificabitur in conspectu tuo omnis vivens;*

le tome II, page 886, du *Mémoire sur la fondation, le gouvernement et l'observance des carmélites déchaussées* publié par les soins des carmélites du premier monastère de Paris, Reims, 1894, excellent ouvrage, aussi remarquable par la sûreté de son information que par la rigueur de sa critique et qui fait le plus grand honneur à nos anciennes carmélites du faubourg Saint-Jacques.

traduit : *quien sera justo delante de ti?* (*Vie*, ch. XX; E. I, 58ᵃ).
Vendredi à laudes.

Ps. CXLVII, 14. *Qui posuit fines tuos pacem;* transcrit et traduit : *Posuid fines suyos in pace* (*Relation VI*; E. I, 160ᵃ). Samedi
à vêpres.

Il est à remarquer que, conformément à un usage ancien,
Thérèse qualifie de *Psaume* le Symbole de saint Athanase, que
la liturgie romaine classe parmi les *Cantica* et qui se dit le
dimanche à prime : « Un jour que je récitais le Psaume de
*quincunque vul,* il me fut donné à entendre comment il y avait
un seul Dieu et trois personnes, si clairement que j'en
demeurai étonnée et grandement consolée[1]. »

Reste maintenant à parler du *Cantique* dont bien des passages
étaient familiers à Thérèse parce qu'ils figurent dans l'Office
de la Vierge; elle-même le rappelle à ses religieuses : « Ainsi,
mes filles, vous pouvez voir dans l'Office de Notre-Dame, que
nous récitons chaque semaine, combien il y a de paroles des
*Cantiques* dans les antiennes et les leçons. Les autres âmes les
entendront selon ce que Dieu leur voudra déclarer et pourront
connaître très clairement si elles ont reçu quelque chose de
semblable à ce que dit l'Épouse : « *Il a ordonné en moi la cha-*
*rité*[2]. » On trouve dans presque tous les écrits de la Mère des
allusions au *Cantique* et même quelques citations textuelles.
Dans l'énumération de certaines faveurs divines dont elle fut
gratifiée de 1568 à 1571 et qui figure dans l'édition La Fuente
sous le titre de *Relacion III*, Thérèse nous dit qu'étant un jour
en oraison, elle eut la révélation de ce que signifie ce verset

1. *Vida*, ch. XXXIX; E. I, 124ᵃ. — La Fuente s'étonne de l'appellation de Psaume
donné ici au Symbole, mais il l'aurait trouvée, par exemple, dans le commentaire de
Pedro de Castrovol, imprimé à Pampelune vers 1499 : *Incipit tractatus super psalmum*
*quicunque vult nominatum, qui alio nomine dicitur simbolum Athanasii Episcopi Alexandrie*
(Haebler, n° 134), puis dans les livres d'Heures : celui de Lyon, 1551, donne au fol. 175
« El psalmo de Quicunque vult ». L'ancien Psautier espagnol de Venise insère aussi
le Symbole d'Athanase au fol. 82 vo, mais en le faisant précéder de cet avertissement:
« Aqueste que se sigue non es psalmo nin del psalterio: mas es simbolo de athanasio
que fizo sobre la fe & dizese a prima. »

2. « Y ansi ver podeis, hijas, en el Oficio que rezamos de nuestra Señora cada seman a
lo mucho que está dello [de los Cánticos] en Antifonas y Leciones. En otras almas
podránlo entender cada uno, como Dios lo quiere dar á entender, que muy claro
podrá ver si ha llegado á recibir algo de estas mercedes semejantes á esto que dice la
Esposa : *Ordenó en mi la caridad* » (*Conceptos del amor de Dios*, ch. VI; E. I, 402 ᵇ).

du *Cantique*, V, 1 : *Veniat dilectus meus in hortum suum, et comedat*, qu'elle reproduit très incorrectement : *Veni dilectus meus in hortum meo et comeded*. Dans le *Château de l'âme*, V, 1, elle cite en espagnol le verset : *Introduxit me in cellam vinariam*, qui est le quatrième du chapitre II, et signale une variante de la traduction [1] ; enfin, dans les *Exclamations*, elle traduit le verset du *Cantique*, II, 16 : *Dilectus meus mihi et ego illi* [2]. Mais l'intérêt spécial qu'à l'exemple d'autres contemplatifs Thérèse prenait au poème érotique s'accuse surtout dans ses *Pensées sur l'amour divin à propos de quelques paroles des Cantiques de Salomon*, dont nous ne possédons plus qu'un fragment, le reste ayant été détruit sur l'ordre d'un de ses directeurs. Cet ouvrage, que La Fuente pense judicieusement avoir été écrit en 1567, est postérieur de cinq ou six ans à la version espagnole exécutée par Fr. Luis de León pour répondre aux sollicitations d'une religieuse de Salamanque, Dr Isabel Osorio, version qui fut subrepticement recopiée et se répandit par toute l'Espagne et même en Amérique [3]. Thérèse aurait-elle connu ce travail d'interprétation et d'exégèse qui compromit si gravement son auteur et lui valut les mésaventures que l'on sait? Je craindrais de l'affirmer. En effet, de tous les livres bibliques, le *Cantique* passait pour celui dont la version en langue vulgaire offrait le plus d'inconvénients : en 1567, huit ans après la publication de l'Index de Valdés, il n'est pas vraisemblable que Thérèse, si stricte en matière de foi et de discipline, si soumise à l'autorité ecclésiastique, ait voulu se procurer quelqu'une de ces copies furtives et sévèrement pourchassées. D'ailleurs, les traductions qu'elle donne dans ses *Pensées* de quelques versets du *Cantique* diffèrent de celles de Fr. Luis. Notons encore que l'avant-propos, malheureusement très mutilé, des *Pensées* contient un passage, qui a été reproduit ici déjà, et d'où résulte que le texte latin seul, non compris par Thérèse, mais qu'elle se faisait expliquer, fut le point de départ

---

1. « llevome el rrey a la bodega del vino v metiome creo que dice » (*Moradas*, V, 1 ; F. I, 453 [a]).

2. « Con cuanta razon dice la Esposa en los *Cantares* : mi Amado á mí, y yo á mi Amado » (*Esclamaciones*, § XVI ; E. I, 498 [b]).

3. Fr. H. Reusch, *Luis de Leon und die spanische Inquisition*, Bonn, 1873, p. 64.

de ses considérations sur l'amour divin. On doit donc croire qu'elle ne vit jamais du *Cantique* une version espagnole complète et se contenta, soit des interprétations que lui fournirent les hommes doctes de son entourage, soit aussi des passages traduits dans le Ludolphe espagnol.

## II. Vies des Saints.

Il semble difficile, dans l'état actuel de nos connaissances bibliographiques, d'indiquer avec une absolue précision les recueils de vies des saints en langue vulgaire que Thérèse lut dès son enfance (voy. le chap. I⁰ʳ de la *Vie*), qu'elle relut plus tard en mainte occasion et qu'elle voulait que possédât la petite bibliothèque de ses monastères. L'expression de *Flos sanctorum* des *Constitutions* ne doit peut-être pas être prise à la lettre et ne désigne pas nécessairement un recueil spécial. Il est à remarquer toutefois que le titre de *Flos sanctorum* a été donné dans certaines éditions anciennes à la *Legenda aurea* de Jacques de Varazzo (Voragine). Ainsi le British Museum possède un exemplaire incomplet d'un livre, décrit par P. Salvá (*Catálogo*, sous le numéro 4039), puis très sommairement par Proctor (voy. Haebler, n° 698, qui ne renvoie pas à Salvá), et au fol. II duquel on lit ceci : « E puesto que se llama este libro segun arriba hauemos dicho hystoria lombarda Empero comun & vulgarmente se llama flos sanctorum : porque aqui no estan asi por entero las vidas & hystorias de los santos como en el vitas patrum, mas esta lo mas escogido. » Un *Flos sanctorum con sus ethimologias* a été décrit par Gallardo (*Ensayo*, t. I, col. 814), d'après un exemplaire incomplet à la fin, qui ne porte par conséquent ni lieu ni date, mais que Gallardo, d'après l'examen des caractères, estime avoir été imprimé soit à Salamanque, soit à Toulouse à la fin du xv⁰ siècle. Les fragments relatifs à Ponce Pilate qu'en a extraits Gallardo nous prouvent qu'il s'agit encore ici d'une *Legenda aurea*, ces fragments répondant à divers passages du chapitre LIII : *De passione Domini* de la *Legenda* (éd. Th. Graesse, Dresde et Leipzig, 1846). Un recueil différent est celui que possédait Ferdinand Colomb et qu'il intitule : *Legenda seu Flos sanctorum in lingua hispanica cum suis figuris : in cujus principio est prologus Gamberli* (sic). » Le Registre du grand bibliophile, après en avoir donné les principales divisions, dit : « Est in fól, 2 col. Impr. en Toledo, año 1511, Augusti 25 [1]. » Puis, parmi d'autres ouvrages généraux consacrés, au moins en partie, à l'histoire des saints, il faut rappeler celui du hiéronymite de Saragosse, Fr. Pedro de la Vega : *Flos Sanctorum. La Vida de Nuestro Señor Jesu Christo, de su Sanctissima Madre y de los otros Sanctos, segun el orden de sus fiestas,* imprimé à Saragosse en 1521 [2], et celui du dominicain Fr. Domingo Valtanas, auteur d'un livre cité sous le titre suivant par N. Antonio : *Vita Christi, seu Flos Sanctorum. Historia general de la vida y hechos de Jesu Christo y de sus Santos,* et qui doit avoir été imprimé vers le milieu du XVIe siècle [3].

Du *Vitae patrum,* ou plutôt du *Vitas patrum,* comme on disait traditionnellement [4], nous possédons une traduction castillane imprimée à Salamanque en 1498. L'exemplaire incomplet du commencement que possédaient les Salvá est enregistré dans le *Catálogo* de P. Salvá sous le numéro 4039. L'achevé d'imprimer commence ainsi : « Acaba se el presente libro entitulado *Vitas patrum,* es asaber dela vida delos santos padres religiosos que fueron en Egypto. Thebas & Mesopotamia. » Puis, sous le nom de saint Jérôme, nous avons un *Vitæ patrum* en castillan, publié à Saragosse en 1511 [5], un autre *Vitas patrum en romance,* de Séville, 1538 [6], et enfin un troisième *Vitas patrum* qui porte en sous-titre : *Libro de las vidas de los sanctos padres del yermo, segun lo escriuio el glorioso Hieronimo, nueuamente corregido y emendado,* et qui fut imprimé à Tolède en 1553 [7]. Il faudrait avoir comparé ces divers textes pour savoir s'ils représentent

1. Gallardo, *Ensayo,* t. II, col. 519.

2. N. Antonio, s. v. Pedro de la Vega, et C. Pérez Pastor, *La Imprenta en Medina del Campo,* p. 416, où est décrite une édition de Medina, 1578.

3. Fr. Escudero y Perosso, *Tipografía hispalense,* nº 850.

4. P. Meyer, *Histoire littéraire de la France,* t. XXXIII, p. 254.

5. Boehmer, *Spanish Reformers,* t. II, p. 358. Cette édition de 1511 est peut être la répétition d'une autre publiée aussi à Saragosse vers 1490 et dont le traducteur, Gonzalo García de Santa María, se nomme dans le prologue (*Bibliografía zaragozana del siglo XV por un bibliófilo aragonés,* Madrid, 1908, nº 23).

6. *Catalogue of the Spanish Library... bequeathed by George Ticknor to the Boston Public Library,* Boston, 1879, p. 406.

7. *Catalogue Ticknor,* p. 172.

ou non une même version. Notons pour finir que, dans l'Index
de 1559 comme dans celui de 1583, le *Vitas patrum en romance*
est inscrit au nombre des ouvrages prohibés (Reusch, p. 240
et 440).

On doit certainement admettre que Thérèse a connu et pratiqué, de ces recueils généraux, au moins la *Legenda aurea* et le
*Vitas patrum*, dans les éditions anciennes; car, comme il a été
dit, elle commença de bonne heure à s'intéresser beaucoup à
la littérature hagiographique [1]. En outre, sur certains saints, qui
étaient particulièrement de sa dévotion [2], et dont le P. Ribera
trouva la liste écrite de sa main, qu'elle gardait dans son Bréviaire [3], elle chercha sans doute à se procurer des relations
particulières, quand il en existait en espagnol, comme, par
exemple, pour sainte Catherine de Sienne [4]. En examinant
soigneusement les allusions à des saints que contiennent les
œuvres de Thérèse, on arriverait sans doute à déterminer dans
quelques cas la source directe de son information.


### III. Saint Jérôme.

Ce fut pendant un séjour qu'elle fit à la campagne, aux
environs d'Avila, pour se remettre de la maladie qui avait
obligé son père à la retirer du couvent des augustines, que
Thérèse dut à un oncle paternel la connaissance des Épîtres de
saint Jérôme, dont la lecture décida sa vocation religieuse :
« Ce qui me donna la vie fut l'affection que j'avais prise aux
bons livres. Je lisais les Épîtres de saint Jérôme qui m'encou-

---

1. Dès la fin du XVI° siècle et au commencement du XVII° siècle, les anciens
recueils de vies de saints furent remplacés par le *Flos sanctorum* d'Alonso de Villegas
et par celui du P. Ribadeneira. Thérèse a tout au plus pu connaître la première
partie du Villegas publiée à Tolède en 1578 (C. Pérez Pastor, *La Imprenta en Toledo*,
n° 356).

2. L'allusion à saint François et aux voleurs (*Moradas*, VI, 6; E. I, 471 b) nous
renvoie très probablement à la *Legenda*.

3. « Sus vidas [de los santos] leia de muy buena gana, y se consolaba y animaba
mucho con ellas, y en su breviario traia una lista de aquellos á quien tenia mas particular devocion, la cual porné aquí por la órden que ella la traia escrita » (*Vida de
la Madre Teresa de Jesus*, livre IV, ch. XIII; éd. de Madrid, 1803, p. 402).

4. Fr. Antonio de la Peña, *La Vida de la bienauenturada sancta Caterina de Sena,
trasladada de latin en castellano*, Alcalá, 1511. Ce même dominicain, confesseur des
Rois Catholiques, publia aussi les Épîtres et Oraisons de Catherine à Alcalá en 1512
(J. Catalina García, *Tipografía complutense*, n° 7, 9 et 12).

ragèrent si fort que je résolus de dire à mon père mon dessein, ce qui était presque la même chose que de prendre l'habit; car j'étais si pointilleuse que, l'ayant dit une fois, pour rien au monde je n'aurais voulu me dédire[1]. » Thérèse lut ces Épîtres dans la traduction du bachelier Juan de Molina, dédiée à Dª María Enríquez de Borja, duchesse de Gandía et abbesse du couvent de Santa Clara de la même localité, et qui fut imprimée pour la première fois à Valence par Juan Jofre en 1520[2]. La traduction de Juan de Molina a été réimprimée à Valence en 1526 et à Séville en 1532, 1541 et 1548.

## IV. Saint Augustin.

Thérèse nous conte au chapitre IX de sa *Vie* quelle impression extraordinaire elle reçut de la lecture des *Confessions*, à l'époque où, après de longues années de dissipations et de sécheresse spirituelle, elle entra décidément dans la voie de l'oraison : « En ce temps-là on me donna à lire les *Confessions* de saint Augustin et il semble que le Seigneur le voulut, car je ne les recherchai point ni ne les avais jamais vues. Je suis très affectionnée à saint Augustin, vu que le monastère où je fus pensionnaire séculière était de son ordre et aussi parce qu'il fut pécheur... Aussitôt que je me mis à lire les *Confessions*, il me sembla que je me voyais là et commençai à me recommander beaucoup à ce glorieux saint. Quand j'en fus à l'endroit de sa conversion et lus comment il ouït cette voix dans le jardin, je crus vraiment que le Seigneur s'était adressé à moi, tant mon cœur fut touché[3]. »

1. « diome la vida aver quedado ya amiga de buenos libros. leya en las epistolas de san jeronimo, que me animavan de suerte que me determine a deçirlo a mi padre, que casi era como a tomar el abito; porque era tan onrrosa que me pareçe no tornara atras por ninguna manera, aviendolo dicho vna vez » (*Vida*, ch. III; E. I, 27ª).

2. José E. Serrano y Morales, *Reseña histórica de las imprentas en Valencia*, Valence, 1898-99, p. 235.

3. « en este tienpo me dieron las confesiones de san agustin, que pareço el señor lo ordeno, porque yo no las procure ni nunca las avia visto. yo soy muy afiçionada a san agustin, porque el monesterio adonde estuve seglar era de su orden y tan bian (sic) por aver sido pecador, que en los santos que, despues de serlo, el señor torno a si, allava yo mucho contento... como comença a leer las confesiones, pareçeme me via yo alli; començo a encomendarme mucho a este glorioso santo. quando llege a su conversion y ley como oyo aquella boz en el verto, no me pareço sino que el señor me la dio a mi, sigun sintio mi coraçon » (*Vida*, ch. IX; E. I, 41ª).

Avant la traduction des *Confessions* de saint Augustin par le
P. Ribadeneira, qui parut en 1596, c'est-à-dire bien des années
après la mort de la sainte, je n'en connais qu'une seule en
castillan, celle du Père augustin Sebastián Toscano, origi-
naire de Porto, mais qui, comme beaucoup de Portugais du
XVIᵉ siècle, écrivait le castillan. Il avait d'ailleurs le sentiment
de l'écrire assez mal et l'avoue modestement dans la dédicace
de sa traduction à Dᵉ Leonor Mascarenhas, qui fut gouver-
nante de Philippe II et de son fils D. Carlos, et l'une des
grandes dames qui aidèrent Thérèse dans ses fondations
(voy. *Libro de las fundaciones*, ch. XVII) : « Vuestra Señoria me
mando que traduxesse las Confessiones de nuestro Padre sant
Augustin. Y si me mandara que le hiziera este servicio, bolui-
endo las en mi propria lengua Portuguesa, tuuiera lo por cosa
dificultosa, pero siendo lo en la Castellana, que me es agena,
pareciome casi impossible por muchas causas que dixera aqui,
si lo buiera *(sic)* de auer con otro que con V. S., de quien
estoy bien cierto que suplira todas mis faltas. Baste dezir que
lo que se desta lengua es por arte y que nunca el arte, aunque
lo procura, yguala a la naturaleza. Y aunque sufrire alegre-
mente en lo que toca al estilo qualquier emienda, en la voluntad que tengo al servicio de V. S. no quiero que me repre-
henda ninguno... Desta su casa de Santo Augustin de Salamanca, a quinze de Henero de 1554. » On cite de cette version
une édition de Salamanque, Andrés Portonariis, 1554, in-8°
(Domingo Garcia Peres, *Catálogo razonado de los autores portu-
gueses que escribieron en castellano*, Madrid, 1890, p. 550),
qui ne peut être que la première, vu la date de la dédicace que
je viens de citer. Deux autres éditions furent données à Anvers
en 1555 et 1556, dans le format in-12, la première chez Martin
Nuyts, la seconde « a la enseña de la gallina gorda », imprimée
à Cologne « por los herederos de Arnoldo Biremanno. »

Nous avons la preuve que Thérèse a bien lu les *Confessions*
dans la version de l'augustin portugais par les quelques mots
qu'elle cite de cet écrit au chapitre XIII de la *Vie* (E. 1, 48ᵃ) :
« esto me aprovecho mucho y lo que diçe san agustin : dame,
señor, lo que me mandas, y manda lo que quisieres. » Or,

Sebastián Toscano a exactement la même leçon : « dame lo
que me mandas, y manda lo que quisieres[1]. » Il semble
évident que cette traduction castillane des *Confessions* fut
communiquée à Thérèse aussitôt après sa publication à
Salamanque, comme une nouveauté de nature à l'intéresser
beaucoup : elle lut donc pour la première fois l'ouvrage de
saint Augustin en 1554, très vraisemblablement. En tout cas,
et ceci nous permet de dater un passage de l'autobiographie,
l'épisode de sa vie intérieure qu'elle raconte au chapitre IX ne
saurait être antérieur à cette année, puisque l'augustin portugais termina son travail le 15 janvier 1554.

Trois fois, dans la *Vie* (ch. XL), dans le *Chemin de perfection*
(ch. XLV) et dans le *Château de l'âme* (IV, 3), Thérèse rappelle
que saint Augustin dit qu'ayant cherché Dieu jusque sur les
places publiques, il s'aperçut que ce qu'il cherchait sans le
trouver au dehors était en lui-même[2]. La Fuente renvoie pour
ce passage, une fois au livre X, chapitre XL[3]; une autre fois
au même livre, chapitre XXVI, des *Confessions*[4]; mais le passage visé par la sainte se trouve en fait au chapitre XXXI des
*Soliloquia* : « Circuivi vicos et plateas civitatis hujus mundi,
quaerens te et non inveni; quia male quaerebam foris quod
erat intus. » Il s'agit, non des *Soliloquia* authentiques en deux
livres, mais des *Soliloquia* apocryphes en trente-sept chapitres,
qui, conjointement avec les *Meditationes* et le *Manuale*, non
moins apocryphes, furent imprimés une quantité de fois au
xvie et au xviie siècle et traduits en langue vulgaire. Il existe

---

1. Dans le texte latin : « Da quod jubes et jube quod vis » (*Confessiones*, livre X,
ch. XXIX). — Thérèse a répété cette citation dans les *Conceptos del amor de Dios*,
ch. IV (E. I, 400[a]): « Y ansi os suplico, [Señor], con san Agustin, con toda determi-
nacion, que *me deis lo que mandardes y mandadme lo que quisieres »* (sic pour *qui-
sierdes*)». S'adressant ici à Dieu à la seconde personne du pluriel, elle s'est écartée de
la traduction littérale du religieux portugais.

2. « y en algunos libros de oracion esta escrito adonde se a de buscar a dios,
en especial lo diçe el glorioso san agustin que ni en las plaças, ni en los contentos,
ni por ninguna parte que le buscava, le allava como dentro de si » (*Vida*, ch. XL;
E. I, 125[a]); — « Pues mirá que dice san Agustin (creo en el libro de sus meditaciones) que le buscaba [á Dios] en muchas partes, y que le vino á hallar dentro de si »
(*Camino*, ch. XLV; E. I, 352[a]); — « como diçe san agustin que le allo [á Dios] despues
de averle buscado en muchas partes » (*Moradas*, IV, 3; E. I, 450[a]). Dans le premier
passage de la *Vida*, on s'attendrait à lire, au lieu de *contentos*, un mot qui rendrait le
*vicos* du latin ou le *lugares públicos* de la traduction.

3. Page 406 de l'édition phototypique de la *Vida*.

4. *Escritos*, I, 352[a], note 3.

A. MOREL-FATIO.

de ce recueil une ancienne version espagnole, faite probablement sur le texte latin imprimé à Venise en 1512 : *Las meditaciones & soliloquio & manual del bienauenturado sant Augustin
obispo de yponia glorioso doctor & lumbre de la sancta yglesia.
Nueuamente corregido & emendado... Imprimiose en la noble villa
de Valladolid por Arnao guillen de brocar. En el año de mil y
quinientos y quinze : a quatro dias del mes de setiembre*[1]. Le passage mis à profit par Thérèse du ch. XXXI du *Soliloquio* est
comme suit : « E trabaje mucho buscandote exteriormente,
estando tu dentro, buscauate por las plaças & lugares publicos
de la cibdad deste mundo y no te halle, buscando de fuera lo
que a dentro estaua. » Cette version anonyme semble avoir
joui d'un assez grand succès, car elle fut réimprimée à Tolède
en 1565 (en casa de Francisco de Guzman) et à Anvers en 1598,
chez Martin Nuyts. La traduction des trois mêmes ouvrages
publiée à Medina del Campo en 1553 (C. Pérez Pastor, *La
Imprenta en Medina del Campo*, n° 95) doit être identique à
celle qui vient d'être décrite, quoique le P. Sommervogel
l'attribue à Ribadeneira.

D'autres citations de saint Augustin reviennent chez Thérèse : « Dieu veut... que nous demandions aux créatures qui
les a créées, comme dit saint Augustin, je crois que c'est dans
les *Méditations* ou les *Confessions*[2]. » La Fuente renvoie aux
*Confessions*, livre XIII, chapitre II, à tort, je crois. Il me semble
que la sainte a plutôt pensé à un passage de ce chapitre XXXI
des faux *Soliloquia* auquel elle avait déjà emprunté : « Interro-
gavi deinde mundi molem : dic mihi si es Deus meus, an non?
Et respondit voce forti : Non sum (inquit) ego, sed per ipsum
sum ego; quem quaeris in me, ipse fecit me... Interrogatio
creaturarum, profunda est consideratio ipsarum; responsio
earum, attestatio ipsarum de Deo, quoniam omnia clamant :
Deus nos fecit. » Dans une lettre, elle attribue avec quelque
hésitation à saint Augustin cette comparaison : « L'esprit de
Dieu passe sans laisser plus de trace que la flèche n'en laisse

1. La Bibliothèque nationale de Paris possède un exemplaire de cette traduction,
sous la cote Réserve C 1697, qui provient sans doute de la collection Gohier.

2. « quiere su mag'... que preguntemos a las criaturas quien las yço, como dice san
agustin en sus meditaçiones o confesiones » (*Moradas*, VI, 7; E. I, 478b).

dans l'air qu'elle traverse[1]. » La Fuente ne l'a pas trouvée dans les œuvres de l'évêque d'Hippone et je n'ai pas été plus heureux que lui. Enfin, il y a dans une autre lettre de la sainte une autre citation de saint Augustin qui me paraît assez peu intelligible et dont je ne puis par conséquent rien dire[2].

Il a paru dans la *Revista Agustiniana* (année 1883) quelques articles du P. Tomás Rodríguez sur les « analogies entre saint Augustin et sainte Thérèse » : je ne les ai pas lus, mais mon savant ami D. Ramón Menéndez Pidal, qui a bien voulu les examiner, me dit que l'auteur s'est borné à établir les ressemblances qu'on peut noter entre la doctrine des deux saints et qu'il ne s'est pas occupé des traductions dont s'est servie Thérèse.

### V. Saint Grégoire le Grand.

Pendant la terrible maladie qui affligea Thérèse peu de temps après son entrée à l'Incarnation d'Avila et qui la contraignit à en sortir, elle nous dit qu'elle apprit à supporter ses souffrances en lisant les *Moralia in Job* : « Il me fut aussi très utile d'avoir lu l'histoire de Job, dans les *Morales* de saint Grégoire, pour m'enseigner la patience[3]. » Les *Moralia in Job* furent traduits en castillan par le licencié Alonso Alvarez de Toledo l'an 1514 et imprimés à Séville en tout cas en 1527 et peut-être même auparavant. On cite encore des éditions de Séville 1534 et 1549[4]. Nos carmélites du premier monastère de Paris ont très exactement décrit l'exemplaire de l'édition de 1527, aujourd'hui conservé à San José d'Avila et que la sainte annota de sa main[5].

### VI. Ludolphe de Saxe.

Au chapitre XXXVIII de sa *Vie*, Thérèse écrit ceci : « Une veille de la Pentecôte, après la messe, je me retirai en un lieu

---

1. « No sé si lo dice san Agustín : *Que pasa el espíritu de Dios sin dejar señal, como la saeta que no la deja en el aire* » (*Cartas*, n° 138 ; E. II, 126b).
2. « Alaben mucho al Señor que no permitió el demonio tentase tan reciamente á ninguna de ellas, que, como dice san Agustín, que pensemos hiciéramos cosas peores » (*Cartas*, n° 236 ; E. II, 212a).
3 « mucho me aprovecho para tenerla [la paçiençia] aver leydo la ystoria de Job en los morales de san gregorio » (*Vida*, ch. V ; E. I, 31b).
4. Fr. Escudero y Perosso, *Tipografía hispalense*, n°° 176, 261, 337 et 507.
5. *Œuvres complètes de sainte Térèse*, t. I, p. 441.

fort écarté où souvent je faisais mes prières et commençai à lire
cette fête dans un chartreux, et y ayant lu les marques par
lesquelles ceux qui commencent, ceux qui avancent et ceux
qui ont atteint l'état de perfection peuvent reconnaître que le
Saint Esprit est avec eux, ayant, dis-je, lu ces trois états, il me
sembla que par la bonté de Dieu, autant que je le pouvais
connaître, j'avais sujet de croire que cet Esprit saint était avec
moi[1]. » Dans son édition de la *Vie* dans la Bibliothèque Rivadeneyra, La Fuente a mis cette note à propos du *chartreux* cité
par Thérèse : « Séria regularmente la vida de Christo por
Dionisio Cartusiano, que ya para entonces se habia traducida
á nuestro idioma. » Plus tard, dans l'édition de 1873 (reproduction phototypographique avec transcription), il s'est corrigé[2] : « La Vida de Cristo por Ludolpho de Saxonia,
Carthusiano ó Cartujo. Cisneros la habia hecho traducir é
imprimir por su cuenta á principios de aquel siglo, y el libro
era llamado comunmente *el Cartujano.* En la meditacion de
Pentecostés habla efectivamente del estado de los que princi-
pian, ó *incipientes,* de los que adelantan y aprovechan, ó *pro-
ficientes,* y de los que llegan al cabo, ó *perfectos.* » La remarque
est exacte. Au chapitre LXXXIV de la deuxième partie de la
*Vita Christi* par Ludolphe (traduction de Montesino), nous
lisons : « Es de notar que no podemos saber por verdadera
certidumbre ni por sciencia manifiesta estar el espiritu sancto
en alguno, porque el señor dize : El espiritu adonde quiera
espira, & no sabes de donde venga ni a que parte vaya ; mas
sin impedimento desto lo podemos saber por conjecturas segun
algunos efectos y señales, por las quales podemos en alguna
manera sospechar si esta el espiritu sancto en alguno o si no
esta. Y estas señales son diferentes segun tres estados, que son
de los principiantes en la virtud y de los que aprouechan en

---

1. « estava vn dia, bispera del espiritu santo, despues de misa. fuyme a vna
parte bien apartada, adonde yo rreçava muchas veçes y començe a leer en vn cartujano esta fiesta, y leyendo las señales que an de tener los que comiençan y aprovechan y los perfetos para entender esta con ellos el espiritu santo, leydos estos tres
estados, pareçiome, por la bondad de dios, que no dejava de estar conmigo, a lo que
yo podia entender » (*Vida*, ch. XXXVIII; E. I, 117ª).
2. S'apercevant sans doute qu'il avait attribué à tort à Denis Ryckel ou le
Chartreux une *Vita Christi* qui ne figure pas au catalogue de ses ouvrages.

ella y de los que ya son perfectos... Las señales del espiritu
sancto por las quales parece espirar en los que comiençan dize
sant Bernardo que son tres... Quanto al estado de los que van
aprouechando son otras tres señales... Quanto a los perfectos
son otras tres señales. » C'est bien le passage que la sainte a eu
sous les yeux et sa façon, au surplus, de citer l'auteur renvoie
sans conteste au livre de Ludolphe, car « en vn cartujano » ne
signifie pas « chez un chartreux », mais « dans un des volumes
du chartreux », le chartreux par excellence, Ludolphe de Saxe,
dont des traductions catalane, portugaise et castillane avaient
extraordinairement répandu l'œuvre en Espagne.

Nous n'avons à considérer ici que la traduction castillane
exécutée, sous les auspices des Rois Catholiques, par le franciscain Ambrosio de Montesino et qui parut d'abord à Alcalá de
Henares de 1502 à 1503, en quatre volumes in folio (P. Salvá,
*Catálogo*, n° 3435, et surtout Juan Catalina García, *Tipografía
complutense*, n° 1), puis fut réimprimée à Séville dans la première
moitié du xvi° siècle (P. Salvá, *Catálogo*, n° 3436, et Francisco
Escudero y Perosso, *Tipografía hispalense*, n°ˢ 304, 385, 436 et
535). La bibliothèque Nationale de Paris possède un exemplaire
de cette réimpression dont la 1ʳᵉ partie est datée de 1537, la 2°
de 1521, la 3° de 1544 et la 4° de 1543. Montesino a donné à sa
traduction le titre de *Vita Christi cartuxano*, mais dans le langage courant on disait *el primero, el segundo Cartujano*, ou, s'il
s'agissait de l'ouvrage entier, *los Cartujanos*, comme font l'auteur du *Diálogo de la lengua* [1], Jean d'Avila [2] et Thérèse elle-
même dans les *Constitutions*.

Comme il a été dit plus haut, la *Vita Christi* de Ludolphe, mise
par Montesino « en el romance familiar de Castilla », remplaçait pour de nombreux Espagnols le texte évangélique et nous
avons la preuve que, malgré son format très incommode, ce
livre circulait beaucoup et que maint dévot y puisait sa nourri-

---

1. Édit. Boehmer, § 87, où sont énumérés divers « libros romançados » et, dans le
nombre, les deux traductions de Montesino : *las Epistolas y Evangelios del año* et *los
Cartujanos*.

2. « Los Cartujanos son muy buenos, *Opera Bernardi*, Confesiones de san
Agustin, » dit l'Apôtre d'Andalousie (*Epistolario espiritual*, n° 29. éd. de la Bibl.
Rivadeneyra).

ture spirituelle. Dans sa *Vida del P. Baltasar Alvarez* [1], le
P. Luis de la Puente nous parle d'un pieux personnage, le
frère Jimeno, et nous dit ceci : « Cuando venia de la torre al
Colegio, se traia consigo el *Cartujano,* con ser libro tan grande,
para poder leer en el camino ; y en casa, cuando habia leido
tres ó cuatro renglones, decia : «Vamos á rumiar,'que la oveja
sino rumiase no engordaria.» En le plaçant dans la bibliothèque des monastères, Thérèse estimait que ses filles y trou-
veraient, comme elle y trouvait elle-même, l'équivalent du
récit des Évangélistes enrichi de commentaires d'une très sûre
doctrine.

Mais Thérèse aurait-elle aussi connu et pratiqué les œuvres
de l'autre chartreux, de Denis Ryckel, celui qu'on nomme le
*Docteur extatique?* M^me Cunninghame Graham, peut-être sous
l'influence de la première note de La Fuente, écrit ceci : « She
(Teresa) may or may not have imbibed some tincture of Ger-
man mysticism in Dionysius the Carthusian, who reproduced
the doctrines of Eckart, and whose works, according to the
testimony of Sor Francisca de Jesus (*sic pour* María de San
Francisco), together with the *Morals of St. Gregory* and the
*Epistles of St. Jerome,* were her favourite books. » Toutefois,
elle se déclare prête à se rétracter : « That is if she did not
refer to the : « Life of Christ » by Ludolf of Saxony, generally
known in Spain as the Cartujano, when the above hypothesis
must fall to the ground [2]. » Le témoignage de la mère María
de San Francisco, où il est dit que Thérèse lisait habituellement
« las obras del Cartujano », pourrait à première vue s'entendre
aussi bien de Denis Ryckel que de Ludolphe de Saxe ; cependant, comme nous savons par Thérèse elle-même que la *Vita
Christi* de Ludolphe lui était un livre familier et qu'elle le
recommande spécialement à ses filles, il paraît évident que
l'expression « las obras del Cartujano » se rapporte ici aussi

1. Éd. de Madrid, 1880, p. 492. — C'est le lieu aussi de rappeler combien large-
ment saint Ignace de Loyola a mis à contribution la *Vita Christi* de Ludolphe et ce
que doivent à cet ouvrage ses *Exercices spirituels* (voy. le P. H. Watrigant, *La Genèse
des Exercices de saint Ignace de Loyola,* Amiens, 1897, p. 18).

2. *Santa Teresa, being some account of her life and times,* Londres, 1894, t. I^er,
p. 45.

aux quatre volumes de cet ouvrage. D'ailleurs, la plus connue
en Espagne des œuvres de l'autre chartreux, Denis Ryckel,
intitulée *De quatuor hominis novissimis*, fut de bonne heure
condamnée par l'autorité ecclésiastique. Cette condamnation
ne paraît pas avoir porté sur la traduction castillane de Micer
Gonzalo de Santa María, Saragosse, 1491, 1494 et 1499, ou la
traduction catalane de Bernardi Vallmanya, Valence, 1495
. (Haebler, nᵒˢ 230 à 233, et P. Salvá, nᵒ 3876), mais elle porta
sur celle que les Index signalent comme étant due à un moine
chartreux : « Vn libro intitulado de quatuor nouissimis, compuesto en latin por Dionisio Rikel monje Cartujano, traduzido
en lengua castellana por vn monje de la misma orden » (*Cata-
logus librorum reprobatorum ex iudicio academiæ lovaniensis*, avec
additions pour l'Espagne de l'archevêque Valdés, Tolède, 1551);
— « Dionysio Richel Cartuxano de los quatro postrimeros
trances, en Romance, traduzido por un religioso de la orden
de la Carthuxa » (Index de Valdés, 1559; Reusch, p. 233); —
« Dionysio Richel Cartuxano de los quatro postrimeros trances,
traduzido por un religioso de la orden de la Cartuxa, en Romance,
ó en otra lengua vulgar solamente » (Index de Quiroga, 1583;
Reusch, p. 434). La traduction du chartreux anonyme paraît
avoir été imprimée pour la première fois à Tolède en 1548, sous
ce titre : *Libro de quatuor nouissimis, que quiere dezir de los
quatro postrimeros trances que compuso en Latin el religioso y bien
auenturado varon Dionysio Rikel, monge Cartuxano, y lo traduxo
en esta lengua un monge de la mesma profession Cartuxana*, et
avec une dédicace du traducteur « al Rever. Señor Arçobispo
de Granada don Pedro Guerrero su señor » (C. Pérez Pastor,
*La imprenta en Toledo*, nᵒ 230). A partir se 1551, où cette traduction fut mise à l'Index, Thérèse devait s'en interdire la lecture
et rien ne prouve qu'elle en ait eu connaissance auparavant.
En tout cas, le mot *Cartujano*, dans la *Vie* d'abord, puis dans
les *Constitutions*, et partant aussi dans la déposition de María
de San Francisco, désigne non Denis le chartreux, mais uni-
quement la *Vita Christi* de Ludolphe de Saxe, traduite par
Montesino.

Ce qui vient d'être dit ici des deux auteurs chartreux nous

fournit l'occasion de montrer quelles graves altérations
subirent, du fait des carmes déchaussés, les *Constitutions* de
1581-1588. Le § 2 du chapitre X entre autres fut remanié de la
façon la plus inconsidérée par le bref de Sixte-Quint du
5 juin 1590 et dans les nouvelles *Constitutions* de 1592[1]. Ainsi
on supprima le livre que sainte Thérèse recommandait *en
premier lieu* à ses filles, et par quoi le remplaça-t-on? Par cet
autre livre qui n'en est pas du tout l'équivalent, ce *De quatuor
hominis novissimis* de Denis Ryckel, dont la version en langue
vulgaire figurait encore à l'Index espagnol de 1583 et dont
même le texte latin est défendu par l'Index romain de Sixte-
Quint de 1590, « nisi repurgetur in art. 47[2] »! Serait-ce que
les carmes ne connaissaient pas d'autre chartreux que Denis?
D'autres changements dans cette liste de livres destinés aux
monastères semblent aussi peu justifiés, par exemple l'intro-
duction des *Nombres de Cristo* de Fr. Luis de León, ouvrage
dont l'intelligence suppose une érudition scripturaire considérable et qui ne convient nullement à des religieuses.

## VII. L'Imitation de Jésus-Christ.

La lecture du livre qu'on appelait jadis le *Contemptus mundi*
et que les plus anciens traducteurs attribuaient à Gerson, est
recommandée par les *Constitutions,* et María de San Francisco le cite parmi les livres les plus familiers à Thérèse; on
peut rappeler aussi que, d'après le P. Ribera, celle-ci le donna à
lire à une mondaine pour la convaincre de son état de péché
et l'amener à Dieu (*Vida de la Madre Teresa de Jesus,* livre IV,
chap. XI). Thérèse n'a pas dû se servir de la plus ancienne
traduction castillane imprimée dès 1490 (Haebler, n[os] 294
à 297), mais de la traduction de Louis de Grenade, intitulée
*Contemptus mundi, nueuamente romanzado,* et publiée pour la
première fois à Séville en 1536. Le P. Justo Cuervo l'a repro-

---

1. Sur la nouvelle rédaction de cet article des *Constitutions,* voy. le livre du
P. Berthold-Ignace de Sainte-Anne, *Anne de Jésus et les Constitutions des Carmélites
déchaussées,* Bruxelles, 1874, p. 149 et 187.
2. Fr. H. Reusch, *Der Index der verbotenen Bücher,* t. I (Bonn, 1883), p. 523.

duite, d'après cette édition très rare, dans le tome XII des *Obras de Fr. Luis de Granada*, Madrid, 1906. Voici ce qu'on lit dans le prologue sur les rapports de la nouvelle version avec celles qui l'ont précédée : « Y porque tal fuente como ésta, que agua tan clara echa de sí para hacer tanto fructo, estaba tan turbia y cuasi llena de cieno, por no estar el romance tan claro, tan proprio, tan conforme al latin como fuera razón, fuí movido con celo desta perla preciosa que tan escurecida estaba, y por eso tan poco gozada, de sacarla de nuevo, cotejándola con el latín, en el cual el primer auctor lo escribió. Y quité lo que en el libro hasta aquí usado no estaba conforme al latín ; declaré lo obscuro para que en ninguna cosa trompieces. Quité lo superfluo, añadí lo falto. » Puis le traducteur termine par ces mots qui visent la personne de l'auteur : « Y aunque no hemos de mirar tanto el auctor que habla cuarto lo que habla, es bien que sepas que quien hizo este libro no es Jersón, como hasta aquí se intitulaba, mas Fray Tomás de Kempis, canónigo reglar de Sant Augustín. » Après l'édition de 1536, que le P. Cuervo a eu le mérite de retrouver et que ne connaissait pas Juan Antonio Pellicer, ce dernier bibliographe en cite une de Lisbonne 1542, puis une d'Alcalá 1548, qui contient, outre l'*Imitation*, « Cien problemas de la Oracion » traduits, par un anonyme, de Serafino de Fermo, auteur mis à l'Index en 1559 et 1583[1], et enfin plusieurs réimpressions de la seconde moitié du XVIe et du XVIIe siècle[2]. Pellicer dit que Louis de Grenade conserva beaucoup de l'ancienne version et que c'est ce qui incita le P. Nieremberg à donner une traduction nouvelle du célèbre ouvrage.

1. Fr. Luis de Granada faisait le plus grand cas de Serafino de Fermo dont il recommande très particulièrement la lecture aux dévots dans son *Libro de la oración y meditación* : « En nuestros tiempos se ha descubierto un gran tesoro, que son las obras de Serafino de Fermo, que agora se han trasladado de toscano en castellano, á cuya lición convido yo á todos los amadores de la verdadera sabiduría. » Ce passage, qui se lit dans l'édition de 1554, a été supprimé dans celle de 1566 (*Obras de Fr. Luis de Granada*, éd. du P. Justo Cuervo, t. II, p. 302 et 518). La traduction espagnole de Serafino fut publiée à Medina del Campo, en 1554 : *Las Obras de don Seraphino de Fermo que tratan de la vida spiritual... Traduzidas de lengua Italiana en romance Castellano por un religioso de la orden de los predicadores. Van añadidas unas Instituciones o doctrinas de fray J. Taulero*, etc. De cette traduction très rare, que ne cite pas Pérez Pastor dans *La Imprenta en Medina del Campo*, existe un exemplaire au British Museum.

2. *Ensayo de una biblioteca de traductores españoles*, Madrid, 1778, p. 128.

## VIII. Alonso de Madrid.

Ce franciscain, auteur de trois traités ascétiques dont le plus connu est l'*Arte para servir á Dios*, que D. Marcelino Menéndez Pelayo nomme « un véritable joyau littéraire », a joui d'une assez grande notoriété même hors de son pays : trois de ses écrits ont été traduits en français, celui qui vient d'être cité, puis l'*Espejo de ilustres personas* et les *Siete Meditaciones de Semana Santa*. Sainte Thérèse parle de l'*Arte*, au chapitre XII de la *Vie*, où il s'agit du premier état d'oraison, et en conseille la lecture à ceux qui n'ont pas dépassé cette étape de la vie spirituelle : « L'âme, dans cet état, peut accomplir divers actes pour se décider à faire beaucoup pour Dieu et pour réveiller l'amour; elle en peut faire d'autres qui l'aident à accroître les vertus, comme l'enseigne un livre nommé *Art de servir Dieu*, lequel est très bon et approprié à ceux qui se trouvent en cet état, parce que l'entendement agit[1]. »

La publication de ce livre remonte au moins à l'année 1521, comme en fait foi cette note du Registre de Ferdinand Colomb : « *Arte para servir á Dios, en español. Divídese en 3 partes y las partes por documentos... Es en 8°. Impr. en Sevilla, anno 1521, 22 Julii. — Costó en Medina del Campo 18 maravedis, á 19 de noviembre de 1524*[2]. » Après, les bibliographes signalent des éditions de Séville, s. d. par Juan Cronberger, d'Alcalá, 1526, de Burgos, 1530 et 1542, d'Anvers, 1551, d'Alcalá, 1555 et 1570, de Séville, 1587. Très épris des idées de ce livre, mais moins satisfait de son style qu'il trouvait un peu vieillot, le grand érudit Ambrosio de Morales s'occupa d'en donner une version retouchée et enrichie de commentaires dont on cite des éditions de Tarragone, 1591, et de Madrid, 1598[3], 1603, 1606, 1610, 1621 et 1785. Récemment, l'édition

1. « puede [el alma] en este estado açer muchos atos para determinarse a açer mucho por dios y despertar el amor; otros para ayvdar a creçer las virtudes, conforme a lo que diçe vn libro llamado arte de servir a dios, que es muy bueno y apropiado para los que estan en este estado, porque obra el entendimiento » (*Vida*, ch. XII; E. 1, 46b).

2. Gallardo, *Ensayo*, t. II, col. 548.

3. Le manuscrit qui a servi à l'édition de 1598 se trouve à la Nacional de Madrid C. Pérez Pastor, *Bibliografía madrileña (siglo XVI)*, n° 575.)

du texte primitif d'Alcalá, 1570, qui représente, paraît-il, la
dernière revision de l'auteur, a été publiée, non sans quelques
changements d'orthographe et de style, par le P. franciscain
Jaime Sala : *Arte de servir á Dios y Espejo de ilustres personas
compuestos por el P. Fr. Alonso de Madrid.* Valence, 1903, 1 vol.
in-12.

La plus ancienne traduction française de l'*Art de servir
Dieu* est celle de Toulouse, Guyon Boudeville, 1555, in-16[1].
Je ne l'ai pas vue et elle n'existe pas à la bibliothèque de Toulouse, comme me l'a obligeamment fait savoir M. Massip,
bibliothécaire de cette ville. Le *Supplément* à Brunet cite
ensuite une édition de Douai, 1599, qui doit contenir la traduction de Gabriel Chappuis, Tourangeau, annaliste et translateur du Roi, dont la Bibliothèque nationale possède des
éditions plus récentes de Douai, 1600, et de Lyon, 1612. Voici
le titre complet de l'édition de 1600 : *La Méthode de servir
Dieu, divisée en trois parties, avec le Miroir des personnes illus-
tres. Augmentée du Mémorial de la vie de Iésus Christ, contenant
sept belles Méditations pour tous les iours de la semaine*[2]. *Faite en
espagnol par le R. P. Alphonse de Madril, Religieux de l'ordre de
sainct François. Et mise en nostre langue, de la traduction de
Gabriel Chappvys Tourangeau, Annaliste et translateur du Roy.
Au R. P. Frere Paul de Mol, Guardien du Convent des Frères
Capucins de Bethune. A Douay. De l'Imprimerie de Balthazar
Bellere, au Compas d'or, l'an 1600.* Dans sa dédicace, datée de
Douai le 6 février 1598, Bellere rappelle que l'*Arte* fut « traduit
en latin par un docteur Louaniste et imprimé à Louain, avec
tres ample tesmoignage; du depuis traduit en françois, mesme
en Italie, imprimé à Paris, à Lion, à Ingolstad. » L'approbation de la Faculté de théologie de Paris, que contient cette
édition, porte la date du 10 octobre 1587.

---

1. *Les Bibliothèques françoises de La Croix du Maine et Du Verdier*; nouv. éd. par
Rigoley de Juvigny, t. III (Paris, 1772), p. 47.
2. Dans l'édition du texte original, Anvers 1551, qui se trouve à la Bibliothèque
nationale, cet ouvrage est intitulé : *Memorial de la vida de nuestro redemptor, ordena-io
y reportido en siete contemplaciones para todos los dias de la semana. Copilado por vn
predicador de la orden del glorioso y bienauenturado padre sant Francisco, de la provincia
de Cartagena.*

## IX. Francisco de Osuna.

Ce franciscain andalous — *minorita bethicus,* comme il est
nommé dans le titre de ses sermons latins — fut le premier
maître spirituel de Thérèse; il lui enseigna, nous dit-elle,
l'*oraison de quiétude.* Lorsque, après une année de séjour au
monastère de l'Incarnation d'Avila, où elle était entrée volontairement en 1535, et où elle tomba gravement malade,
Thérèse dut, sur l'ordre de son père, s'abandonner aux mains
de médicastres, il advint que son oncle, Pedro Sánchez de
Cepeda, habitant la banlieue d'Avila, qui l'avait auparavant
déjà initiée aux lectures pieuses, lui prêta le *Troisième Abécédaire spirituel* de Francisco de Osuna. «Alors que je m'y ren-
dais (dans la localité où devait s'opérer la cure), cet oncle,
dont j'ai dit qu'il se trouvait sur le chemin, me donna un livre
appelé le *Troisième Abécédaire,* lequel a pour objet d'enseigner
l'oraison de recueillement; car, quoique pendant cette première
année j'eusse lu de bons livres, ne voulant plus en lire d'autres
à cause du mal qu'ils m'avaient fait, je ne savais pourtant pas
comment me conduire dans l'oraison ni comment me
recueillir : aussi eus-je bien de la joie d'avoir ce guide et
résolus de suivre de tout mon pouvoir le chemin qu'il me
traçait. Et comme à cette époque le Seigneur m'avait déjà
accordé le don de larmes et que je prenais goût à ce que je
lisais, je commençai à avoir des temps de retraite et à me con-
fesser souvent, prenant ce livre pour maître, parce que je n'en
trouvai pas d'autre, j'entends de confesseur qui me comprît[1].»

A en juger par son nom, ce maître de notre sainte serait né
à Osuna[2], et l'on doit supposer qu'il prit la robe de franciscain dans les premières années du xvi⁽ siècle. Après avoir

1. «quando yva me dio aquel tio mio, que tengo dicho que estava en el camino,
vn libro, llamase terçer abeçedario, que trata de enseñar oraçion de rrecogimiento;
y puesto que este primer año avia leydo buenos libros, que no quise mas vsar de
otros, porque ya entendia el daño que me avian echo, no sabia como proçeder en
oraçion ni como rrecojerme, y ansi olgeme mucho con el y determineme a sigir aquel
camino con todas mis fuerças. y como ya el señor me avia dado don de lagrimas y
gustava de leer, començe a tener rratos de soledad y a confesarme a menudo y
començar aquel camino, tiniendo a aquel libro por maestro, porque yo no alle
maestro, digo confesor, que me entendiese» (*Vida,* ch. IV; E. I, 28ᵇ).

2. «Bæticus, Ursaone, si cognomentum sibi inde hausit, natus », dit N. Antonio.

rempli divers emplois de son ordre en Espagne, il fut pourvu de la charge de Commissaire général des Indes, mais nous ne savons pas s'il résida effectivement en Amérique. Nous savons par contre qu'il vint en France, qu'il habita probablement Toulouse, où s'imprimèrent quelques-uns de ses ouvrages, et sûrement Paris, comme l'indique la date du prologue qu'il mit à la *Pars Meridionalis* de ses sermons : « Actum in cellula nostra apud maiorem conventum Fratrum minorum Parisiis, anno Domini millesimo quingentesimo trigesimo tertio, immominente omnium sanctorum die[1]. » Outre ses ouvrages latins d'exégète, de théologien et de sermonnaire dont on a la liste chez Antonio, les écrits en langue vulgaire qui ont fait sa réputation sont : l'*Abecedario Espiritual* et le *Norte de los Estados*[2]. Le premier, en six parties, fut publié, parfois à intervalles assez longs, dès l'année 1525 environ, jusqu'en 1554[3], mais les cinquième et sixième parties sont posthumes, ainsi qu'il appert de la dédicace du libraire Juan de Espinosa à Fr. Antonio de Guevara, évêque de Mondoñedo, de la cinquième partie, dédicace datée du 31 mars 1542. Nous n'avons à nous occuper ici que du *Troisième Abécédaire*, publié pour la première fois à Tolède en 1527[4], avec une dédicace à D. Diego López Pacheco, duc d'Escalona et marquis de Villena, mort le 26 novembre 1529. « En solo este Abecedario, sin glosa, se abrevia la dotrina del recogimiento, » dit le prologue; toutefois, c'est surtout à partir du sixième traité de cette troisième partie que le franciscain devient vraiment un professeur de recueillement spirituel, doctrine déjà enseignée par les mystiques allemands, flamands ou autres, mais que Fr. Francisco popularisa beaucoup, grâce à la familiarité et à la bonhomie de son langage. Au gré de certains esprits religieux de l'époque, il la popularisait trop, risquant par là d'égarer

1. Édition de Saragosse, 1558.
2. C'est à ce dernier ouvrage de morale pratique que Cervantes, on le sait, emprunta l'amusante histoire de la femme qui se plaint à Sancho, gouverneur de l'île Barataria, d'avoir été violée. Le texte de ce passage du *Norte de los Estados* a été reproduit par P. Salvá sous le n° 3966 de son *Catálogo*.
3. On ne paraît pas connaître les premières éditions de la première et de la seconde partie, qui ont certainement précédé la troisième, publiée à Tolède en 1527.
4. C. Pérez Pastor, *La Imprenta en Toledo*, n° 143.

des âmes faibles : c'est ce que laisse entendre Jean d'Avila,
lorsque, dans une lettre de son *Épistolaire spirituel*, il donne à
ceux qui veulent servir Dieu les recettes de leur dévotion :
« la seconde recette consiste à beaucoup aimer la lecture, car
plus les gens sont durs, plus il leur est bon de lire des livres
en langue vulgaire, et les livres le mieux appropriés à ce
cas sont : *Passio duorum*[1], *Contemptus Mundi*, les *Abécédaires
spirituels,* j'entends la deuxième et la cinquième partie qui
traitent de l'oraison ; mais que ces gens évitent en général la
troisième, qui leur sera préjudiciable, car elle tend à suppri-
mer tout exercice de la pensée, et cela ne convient pas à
tous[2]. » Fr. Luis de León, dans son *Apologie de sainte
Thérèse* contre ceux qui lui reprochaient d'enseigner l'oraison
d'union, parle aussi des *Abécédaires;* il montre qu'ils conti-
nuent en langue vulgaire les grands mystiques du moyen âge,
tels que saint Bonaventure, Richard de Saint-Victor, Gerson,
que la doctrine de la Mère n'est qu'un raccourci de ce qu'ont
écrit ces théologiens et que les critiques qu'on lui adresse
atteignent bien plutôt ceux dont elle s'est inspirée[3]. Les
*Abécédaires* de Francisco de Osuna, plusieurs fois réimprimés
dans le cours du XVIe siècle[4], ne figurent pas dans les Index de
1559 et de 1583[5], mais plus tard l'Inquisition les fit expurger.

1. Le titre de cet ouvrage, dû à un religieux franciscain, est ainsi complété dans
l'édition de Medina del Campo, 1587 : « Tratado de devotissimas y muy lastimosas
contemplaciones de la Passion del hijo de Dios y de la compassion de la Virgen
Sancta Maria su madre, por esta razon llamado *Passio duorum.* » (C. Pérez Pastor, *La
Imprenta en Medina del Campo*, n° 214.)

2. « La segunda, que sean muy amigos de la leccion ; porque segun la gente está
durísima, esle muy provechoso leer libros de romance ; libros que son mas acomo-
dados para esto : *Passio duorum, Contemptus mundi,* los Abecedarios Espirituales, la
segunda parte y la quinta, que es de la Oracion ; la tercera parte no la dejen leer
comunmente, que les hará mal, que va por via de quitar todo pensamiento, y esto
no conviene a todos » (*Epistolario espiritual,* éd. de la Bibl. Rivadeneyra, p. 3-4).

3. « ¿ Pues qué injusticia es recelarse de sola esta criatura por lo que anda en otras
mil escrituras ? Vean á San Buenaventura, vean á Ricardo de San Victore, vean á
Juan Jerson ; y, si quieren lengua vulgar, vean en la tercera parte á los *Abecedarios*
que llaman, y vean que es cifra lo que la B. M. Teresa en esto dice en comparación
de lo que allí se dice y escribe » (*Apología del P. M. Fr. Luis de León ; Obras,* t. IV
(Madrid, 1885), p. 219).

4. Les Salvá possédèrent un exemplaire ainsi composé : Iʳᵉ partie, Saragosse, 1546 ;
IIᵉ et IIIᵉ parties, Burgos, 1555 ; IVᵉ partie, Valladolid, 1551 ; Vᵉ partie, Burgos, 1554 ;
VIᵉ partie, Medina del Campo, 1554 (P. Salvá, *Catálogo,* sous le n° 3966).

5. En revanche, ces Index prohibent le *Comvite gracioso de las gracias del sancto
sacramento* qu'on donne comme de Francisco de Osuna (Reusch, *Der Index der verbotenen Bücher,* t. I (Bonn, 1883), p. 591).

Mme Cunninghame Graham nous apprend que parmi les précieuses reliques conservées chez les Thérèses d'Avila se trouve « le vénérable volume de Francisco de Osuna) dont les pages jaunies portent la marque d'une lecture assidue. De nombreux passages y sont fortement soulignés, tandis que sur les marges une croix, un cœur, une main indicatrice (les marques favorites de Thérèse) signalent les pensées ingénieuses ou les tendres conceptions qui lui semblaient particulièrement dignes d'être retenues dans le texte gothique » [1].

L'étude du *Troisième Abécédaire*, qui s'impose à tout Thérésien, ne me paraît avoir été faite par aucun d'eux. A ma connaissance, seuls deux érudits de notre temps témoignent avoir au moins consulté cet ouvrage pour s'éclairer sur la doctrine contemplative de la sainte : M. H. Ch. Lea, dans ses *Chapters from the Religious History of Spain* (Philadelphie, 1890) et M. Wilkens dans son travail sur le mysticisme de sainte Thérèse [2], où il caractérise la méthode, l'inspiration et le style de Francisco de Osuna et cite quelques passages des *Abécédaires;* mais le meilleur travail d'ensemble que nous ayons sur le franciscain andalous reste celui que lui a consacré Éd. Böhmer, à propos de l'évolution des idées religieuses en Espagne au commencement du xvie siècle (*Franzisca Hernandez und Frai Franzisco Ortiz,* Leipzig, 1865, p. 233 à 310).

## X. Bernardino de Laredo.

Lorsque Thérèse, tourmentée par la crainte d'être le jouet du démon et de s'être engagée à son insu dans une fausse voie, s'ouvrit à un prêtre et à un laïque pieux d'Avila pour prendre leur avis sur le caractère de sa vie contemplative, il lui fut, nous dit-elle, impossible de leur expliquer clairement ce qu'était son oraison; elle résolut alors d'avoir recours à un livre spirituel, l'*Ascension du Mont Sion,* où elle souligna les passages qui lui parurent rendre compte de ce qu'elle éprouvait

1. *Santa Teresa, her life and times,* t. I, p. 116.
2. *Zur Geschichte der spanischen Mystik. Teresa de Jesus,* dans la *Zeitschrift für wissenschaftliche Theologie* de Hilgenfeld, t. V (1862), p. 111-180.

dans ses recueillements et ses extases[1]. Le livre en question, publié pour la première fois à Séville en 1535, sous le titre de *Subida del Monte Sion por la via contemplativa; contiene el conocimiento nuestro y el seguimiento de Christo y el reuerenciar a Dios en la contemplacion quieta; copilado en vn conuento de frayles menores*[2], a pour auteur un frère lai[3] de l'ordre de saint François du nom de Bernardino de Laredo, né à Séville en 1482 et décédé dans la même ville en 1540, qui s'adonna d'abord à l'étude de la médecine, remplit même les fonctions de médecin auprès du roi Jean II de Portugal, puis prit le froc franciscain au couvent de San Francisco del Monte, à quatre lieues de Séville, en 1510[4]. L'édition de la *Subida* de 1535 et toutes celles du xvi° siècle sont anonymes; mais il résulte de renseignements fournis par le livre qu'il fut composé par un frère lai·franciscain de la province des Anges, c'est-à-dire d'Andalousie, en relations avec Dª María de Velasco, grande maîtresse de la reine de Portugal, et avec l'impératrice Isabelle, femme de Charles-Quint[5]. Dans l'édition d'Alcalá 1617, le titre de la *Subida* a reçu ce complément : «Compvesto por Bernardino de Laredo, Frayle Lego de la Provincia de los Angeles de la Orden del S. P. S. Francisco, como se colige de la quarta parte de las Cronicas de la misma Orden, aunque el autor por su humilidad no quiso manifestar su nombre[6]. »

Le livre de Laredo, muni d'une dédicace au cardinal

1. « y era el travajo que yo no sabia poco ni mucho deçir lo que era mi oraçion... mirando libros para ver si sabria deçir la oracion que tenia, alle en vno que llaman subida del monte, en lo que toca a vnion del alma con dios, todas las señales que yo tenia » (*Vida*, ch. XXIII; E. I, 74ᵇ).

2. *Catalogue de la bibliothèque de M. Ricardo Heredia*, 1ʳᵉ partie, Paris, 1891, n° 23;, et Fr. Escudero y Perosso, *Tipografía hispalense*, n° 370.

3. Ce mot de *lego* a joué un mauvais tour à M. Heppe qui en a fait un nom propre: « Von ihm geleitet und durch ein von den Franziscaner Lego (unter dem Titel «Subida del monte Sion») verfasstes Andachtsbuch neu angeregt lebte sich nun Theresa mehr und mehr in die mystische Contemplation ein » (*Geschichte der quietistischen Mystik in der katolischen Kirche*, Berlin, 1875, p. 11).

4. Voyez N. Antonio, *Bibl. hisp. nova*, et surtout Gallardo, *Ensayo*, t. III, col. 295, où est reproduite une note manuscrite mise au xviii° siècle sur un exemplaire de la *Metaphora medicine*, œuvre anonyme de Laredo, publiée à Séville en 1535, et qui se dit sur le titre « nueuamente copilada por un fraile menor de la prouincia de los angeles ».

5. Voyez la description de la deuxième édition de la *Subida*, Medina del Campo, 1542, dans C. Pérez Pastor, *La Imprenta en Medina del Campo*, n° 30.

6. J. Catalina García, *Tipografía Complutense*, n° 876.

D. Alonso Manrique, archevêque de Séville de 1524 à 1538, se divise en trois parties. La première verse sur les questions énoncées dans le titre reproduit ci-dessus; la seconde se compose d'épîtres pieuses adressées à divers personnages, et la troisième, intitulée *Josephina,* est consacrée aux louanges de saint Joseph.

## XI. Antonio de Guevara.

Outre ses livres profanes, tels que l'*Horloge des princes,* les *Épîtres familières* et d'autres, qui lui valurent en Espagne et ailleurs une si grande réputation, le célèbre prédicateur de Charles-Quint, Fr. Antonio de Guevara, écrivit aussi des livres dévots dont le succès ne fut pas moindre. Celui que Thérèse recommande aux carmélites de sa réforme est intitulé *Oratorio de religiosos y exercicio de virtuosos* et parut pour la première fois à Valladolid en 1542. Après l'édition princeps, les bibliographes citent des éditions de Saragosse, 1543, de Valladolid, 1546, de Salamanque, 1570 et 1574, et de Medina del Campo, 1584. Manuel pratique de la vie religieuse, l'*Oratorio* s'adresse à la fois aux personnes des deux sexes qui se proposent de prendre l'habit ou le voile, et à celles qui vivent déjà en communauté.

Comme les autres ouvrages de Guevara, celui-ci fut traduit en italien et en français. La traduction italienne due à un Lucio Mauro parut à Venise en 1560, chez Vincentio Valgrisi (la dédicace est datée du 1er avril 1560), et cette version servit à l'un des traducteurs français N. Dany, abbé de Saint-Crépin-le-Grand de Soissons et archidiacre de Soissons, qui publia son ouvrage à Paris chez Guillaume Chaudière en 1578, sous ce titre : *L'Oratoire des religieux et l'exercice des vertueux, composé par le Reverend et digne Prelat Don A. de Guevare, Evesque de Mondognet, traduit d'Italien en Françoys et conféré avec l'Espagnol.* Dany dédia sa traduction au cardinal de Bourbon, archevêque de Rouen, et signa sa dédicace à Soissons, le 1er décembre 1577. Deux ans avant Dany, un autre traducteur, Paul Du Mont, douaisien, s'était employé à faire passer dans notre langue l'*Oratorio* espagnol. Dans sa dédicace à D. Arnould de le Cambe, dit Ganthois, abbé de Marchennes, Du Mont écrit à propos du livre de Guevara : « Ayant esté ia piecha requis et sollicité par vng sage et deuot Religieux, qui l'auoit en partie faict Flamen, de le traduire en François, apres auoir veu le bon accueil que l'on a faict en ce Pays bas à quelque autre sien liure du Mont de Caluaire, traduit en François par ce docte et tant laborieux François de Belle-forest, ie me suis mis en fin a le translater. » Je ne connais pas l'édition originale de cette version dont la dédicace est datée de Douai, 25 janvier 1576 : je n'en ai vu qu'une édition de Douai, de l'imprimerie de Jean Bogart, 1599, qui est suivie d'une addition au livre de l'évêque espagnol par Julien de Lingne, grand vicaire de l'église métropolitaine de Cambrai, laquelle forme un tome second sous la date de Douai, 1598. La dédicace de cette suite à l'*Oratoire* est datée : « De la maison et conuent de S. François de ceste Ville et Vniuersité de Douay, ce premier de Mars, selon la nouvelle correction du Calendrier, 1583. »

## XII. San Pedro de Alcántara.

On sait les liens très étroits qui unirent sainte Thérèse au fondateur de l'ordre des déchaussés de saint François, qu'on a avec raison appelé l'un de ses pères spirituels. Dans le chapitre XXVII de la *Vie,* elle parle de la mort de saint Pierre d'Alcántara, qui eut lieu le 18 octobre 1562, peu de temps après la fondation de San José; dans le chapitre XXX, elle fait allusion à ses écrits : « Il est l'auteur, dit-elle, de quelques petits livres en langue vulgaire aujourd'hui fort en vogue qui traitent de l'oraison, car, l'ayant longuement pratiquée, il a écrit d'une façon très profitable à ceux qui s'y adonnent [1]. » Une autre fois, dans le *Château de l'âme,* elle cite encore saint Pierre d'Alcántara, à propos de l'oraison de recueillement, pour dire

---

1. « es avtor de vnos libros pequeños de oração, que aora se tratan mucho, de rromançe, porque, como quien bien la avia ejerçitado, escrivio arto provechosamente para los que la tienen » (*Vida,* ch. XXX; E. I, 90b).

qu'elle est d'accord sur le fond du sujet avec ce qu'il a écrit dans un de ses traités[1]. Thérèse prisait surtout chez lui l'homme qui avait vraiment fait l'expérience de la vie spirituelle, qui n'était pas un spéculatif. Aussi lui adressa-t-elle une longue consultation sur sa vie intérieure qui figure dans les œuvres de la sainte sous le titre de *Relacion primera*.

Ce que Thérèse nomme les « libros pequeños de oraçion » de Pedro de Alcántara, c'est-à-dire un *Tratado de la Oración y Meditación*, abrégé de celui de Louis de Grenade, comme l'auteur le déclare lui-même[2], une *Breve Introducción para los que comienzan á servir á Dios*, les *Tres cosas que debe hacer el que desea salvarse*, une *Oración devotísima* et une *Petición especial de Amor de Dios*, tout cela, plus un Traité de Savonarole sur les « trois vœux », fut imprimé à Lisbonne par Joannes Blavio de Colonia en un petit volume in-12 qui ne porte pas de date, mais qui paraît avoir été publié entre les années 1556 et 1560. Thérèse a pu se servir de cette édition de Lisbonne ou peut-être d'une édition de Medina del Campo, 1563, qu'on suppose avoir précédé celle que publia aussi dans la même ville le libraire Benito Boyer en 1587[3].

### XIII. Luis de Granada.

Sans compter que les œuvres du grand dominicain sont mentionnées dans les *Constitutions* et citées par la Mère María de San Francisco parmi les lectures habituelles de la sainte, nous pouvons déduire d'une lettre adressée par Thérèse à Fr. Luis, à la date du 28 décembre 1573, le cas qu'elle faisait

---

1. « vno me alego con çierto libro del santo fray p° de alcantara, que yo creo lo es, a quien yo me rindiera, porque se que lo sabia, y leymoslo y diçe lo mesmo que yo, anque no por estas palabras » (*Moradas* IV, 3; E. I, 450b).

2. Fr. Justo Cuervo, *Biografía de Fr. Luis de Granada con unos artículos literarios donde se muestra que el venerable Padre y no San Pedro de Alcántara es el verdadero y único autor del « Libro de la Oración »*, Madrid, 1896, p. 243. — Dans l'avant-propos des tomes II et X des *Obras de Fr. Luis de Granada*, il est parlé d'un compendium du *Libro de la oración* de Fr. Luis par saint Pierre d'Alcántara, conservé à la Barberine à Rome et jusqu'ici complètement inconnu aux bibliographes. L'éditeur, qui est le même P. Justo Cuervo, en annonce la prochaine publication dans sa *Bibliografía Granadina*.

3. L'édition de Lisbonne, devenue fort rare, est décrite par le P. Cuervo, *Biografía de Fr. Luis de Granada*, p. 239 à 245. Sur les éditions de Medina del Campo, voyez C. Pérez Pastor, *La Imprenta en Medina del Campo*, Madrid, 1895, p. 250 et 401.

des écrits de ce dernier. « Au nombre de ceux qui aiment dans
le Seigneur Votre Paternité, à cause de la doctrine si sainte et
profitable de vos livres, et en remercient Dieu, comme ils le
remercient de vous avoir rendu capable de faire un bien si
grand et si universel aux âmes, vous pouvez me compter[1]. »
Fr. Luis, de son côté, a célébré Thérèse dans un passage de sa
*Vida del B. Juan de Avila* (1588), rappelant la consultation
qu'elle demanda à l'Apôtre d'Andalousie sur sa vie intérieure
et la réponse que lui fit le saint homme[2].

Les œuvres de Fr. Luis que Thérèse a surtout dû lire sont, à
n'en pas douter, la *Guia de pecadores*, sous ses deux formes, et
le *Libro de la Oración*, comme l'indique d'ailleurs un passage
du *Chemin de perfection*, où elle parle de livres, qu'elle invite
ses filles à lire, et dans lesquels les scènes de la Passion sont
réparties d'après les jours de la semaine[3], ce qui est le cas
dans le *Libro de la Oración*.


Il serait encore à propos d'examiner quelques allusions de
sainte Thérèse éparses dans ses écrits et dont on pourrait
inférer d'autres lectures. Je ne citerai que deux exemples. Au
chapitre XX de la *Vie*, elle parle, à propos des ravissements
*(arrobamientos)*, de certaines rages *(rabiamentos)* décrites par
saint Vincent et qui sont l'œuvre du démon. La Fuente (éd.
phototypographique) avait déjà pensé qu'il s'agissait ici de
saint Vincent Ferrer, mais nos carmélites ont précisé et pro-
duit deux passages des chapitres XII et XIV du *Tractatus de
vita spirituali* de ce dernier qui confirment l'hypothèse de La
Fuente[4]. Thérèse a certainement pu lire le traité en question
de Vincent Ferrer, que le cardinal Cisneros fit traduire en

---

1. « De las muchas personas que aman en el Señor á vuestra paternidad, por
haber escrito tan santa y provechosa doctrina, y dan gracias á Su Majestad, y por
haberle dado á vuestra paternidad para tan grande y universal bien de las almas,
soy yo una » (*Cartas*, n° 55, sans date; E. II, 46ᵃ). La date du 28 décembre 1573 est
donnée par le P. Belchior de S. Anna, *Chronica de Carmelitas descalços particular do
reyno de Portugal*, Lisbonne, 1657, l. 1ᵉʳ, ch. IX, p. 56.

2. *Obras de Fr. Luis de Granada*, éd. du P. Justo Cuervo, t. XIV, p. 270.

3. « Pues, como digo, teneis libros tales, adonde van por los dias de la semana
repartidos los pasos de la sagrada pasion » (*Camino de perfección*, ch. XXIX
E. I, 341ᵃ).

4. *Œuvres complètes de sainte Térèse*, t. I, p. 258.

castillan avec la vie d'Angèle de Foligno et la règle de sainte
Claire, et dont nous avons une édition de Tolède, 1515 : *Libro
de la bienauenturada sancta Angela de Fuligno... Item primera
regla de la bienauenturada virgen santa clara. Item vn tractado
del bienauenturado Sant Vincente de la vida & instrucion espiritual
(sic)... Estos tratados se imprimieron en la emperial ciudad de
Toledo por mandado del reuerendissimo señor don fray Francisco ximenez cardenal de España & Arçobispo de la santu yglesia
de Toledo. Acabaronse a XXIIII dias del mes de Mayo de mill
& quinientos & diez años*[1]. — Ailleurs, dans ce que La Fuente
appelle la *Relacion V*[2], Thérèse traduit un passage de Cassien,
qui appartient, comme l'ont encore montré nos carmélites[3],
au paragraphe IV de la VIIe *Collation*. Nous connaissons d'anciennes traductions manuscrites catalanes et castillanes[4] des
*Collations* de Cassien, qui datent du xve siècle, mais aucune
version de cet ouvrage en langue castillane n'avait été imprimée avant 1562. C'est du moins ce qui résulte d'une déclaration
de Louis de Grenade dans la dédicace à la reine Catherine de
Portugal de sa traduction de l'*Échelle spirituelle* de saint Jean
Climaque : « Entre los libros que han prevalescido contra la
injuria de los tiempos... dos son, Serenisima Señora, los que
entre todos tienen más ilustre nombre, que son las Colaciones
de Juan Casiano, y S. Juan Climaco. El primero de los cuales
hasta agora no ha tenido intérprete castellano[5]. » Sans doute
Thérèse a dû lire le passage qu'elle rapporte des *Collations*
soit dans un texte manuscrit, soit chez un auteur qui l'avait
cité.

---

1. C. Pérez Pastor, *La Imprenta en Toledo*, n° 40.
2. *Escritos de santa Teresa*, t. I, p. 159b.
3. *Œuvres complètes de sainte Térèse*, t. II, p. 327.
4. Pour les versions manuscrites des *Collations* en castillan, voy. N. Antonio,
*Bibl. hispana nova*, t. II, p. 336, et *Memorias de la R. Academia de la Historia*, t. VI,
p. 440.
5. *Obras de Fr. Luis de Granada*, éd. du P. Justo Cuervo, t. XII, p. 151. Cette
version de saint Jean Climaque date de 1562 ; mais de 1562 à 1582 (date de la mort
de Thérèse) je ne trouve non plus mentionnée aucune traduction espagnole des
*Collations*.

# LES DEUX PREMIÈRES ÉDITIONS

## DES ŒUVRES DE SAINTE THÉRÈSE

On sait que c'est à la collaboration de la Mère Anne de Jésus et de Fr. Luis de León qu'est due la première édition des œuvres de sainte Thérèse publiée à Salamanque en 1588 : la Mère Anne se procura les autorisations nécessaires et réunit les manuscrits destinés à l'impression, tandis que Fr. Luis se chargea de la revision du texte et d'expliquer au public la doctrine de la sainte dans une lettre-prologue, datée du 15 septembre 1587, qui figure au nombre des pièces préliminaires du volume, divisé en trois parties, et dont voici la description bibliographique, d'après l'exemplaire de la bibliothèque de Rouen, côté A 1571, qui m'a été obligeamment prêté par le conservateur en chef de ce dépôt, M. Loriquet.

1) Los LIBROS ‖ DE LA MADRE ‖ TERESA DE IESVS ‖ fundadora de los monesterios ‖ de monjas y frayles Carme- ‖ litas descalços de la pri- ‖ mera regla. ‖ *En la hoja que se sigue se dizen los li-* ‖ *bros que son.* ‖ (Écusson aux armes d'Espagne). EN SALAMANCA. ‖ Por Guillelmo Foquel. ‖ M. D. LXXXVIII.

In-8° : 5 ff. prél. non chiffr. Fol. 2 : Les titres des traités et au-dessous les armes du Carmel. Fol. 2ᵛᵒ et Fol. 3 : Censure de Fr. Luis de León, Madrid, 8 septembre 1587. Fol. 3ᵛᵒ : Extrait du privilège pour dix ans au Provincial et à l'Ordre des Carmes déchaussés, Bosque de Segovia, 24 octobre 1587, et taxe datée de Madrid, 28 avril 1588. Fol. 4 : Dédicace à l'impératrice Marie du Provincial et de l'Ordre des déchaussés. Madrid, 10 avril 1588 Fol. 4ᵛᵒ : Portrait gravé de sainte Thérèse d'après la peinture de Fr. Juan de la Miseria. Fol. 5-5ᵛᵒ : Erratum ¹. — Le texte remplit 560 pages et comprend : la lettre de Fr. Luis de León, *La Vida* et quelques additions *(Con los origi-* *nales deste libro vinieron a mis manos vnos papeles escritos por las de la Santa* *madre Teresa de Iesus...).* Au bas de la page 560 : EN SALAMANCA. Por Guillelmo Foquel. Año de M. D. LXXXVIII.

2) LIBRO ‖ LLAMADO ‖ CAMINO DE ‖ PERFECION, QVE ‖ escriuio para sus monjas la madre ‖ Teresa de Iesvs fundadora de los ‖ monesterios

---

¹. L'erratum manque dans l'exemplaire décrit par D. Manuel Serrano y Sanz, *Apuntes para una Biblioteca de escritoras españolas*, t. II (Madrid, 1905), p. 522; mais il se trouve dans l'exemplaire décrit par Gallardo, *Ensayo*, t. IV, col. 713.

de las Carmeli- || tas descalças, a ruego || dellas. || *IMPRESSO CON-*
*FOR-* || *me a los originales de mano, enmendados* || *por la misma*
*madre, y no conforme a los* || *impressos¹ en que faltauan muchas*
*cosas, y* || *otras andauan muy corrompidas.* || EN SALAMANCA, || Por
Guillelmo Foquel. || M. D. LXXXVIII.

4 ff. prél. Fol 2 : Argumento general del libro. Fol. 2ʳᵒ : Protestacion.
Fol. 3 à 4ᵛᵒ : Prologo  Le texte comprend en 268 pages le *Camino de per-*
*fección* et les *Avisos de la madre Teresa de Iesus para sus monjas.*

3) LIBRO || LLAMA- || DO CASTILLO IN- || TERIOR, O LAS MORADAS || que
escriuio la madre Teresa de Ie- || sus, fundadora de las descalças Car
|| melitas para ellas, por manda- || do de su superior y con- || fessor.

304 pages, qui, outre les *Moradas,* contiennent, à partir de la p. 269, les
*Esclamaciones.* Le premier titre de cette troisième partie n'est qu'un titre
de départ, le texte commençant à la page 1. Au contraire, les *Esclamaciones*
ont un titre qui remplit toute la page 269 et le texte commence au verso.
Au bas de la page 304 : EN SALAMANCA, Por Guillelmo Foquel. M. D.
LXXXVIII.

Fr. Luis de León, quelque soin qu'il eût apporté à sa tâche, ne
répondit pas entièrement aux désirs des fidèles et des admirateurs de
la sainte ; il paraît surtout avoir mécontenté le P. Francisco de Ribera
qui travaillait alors à la biographie de Thérèse, laquelle parut à Salamanque en 1590. Ce Père marqua sa désapprobation dans une lettre
adressée aux carmélites de Valladolid et datée de Salamanque le 14 décembre : tout porte à croire que ce 14 décembre est de l'année 1588
et que Ribera écrivit sa censure quelques mois après la publication de
Fr. Luis de León. Cette lettre, dont quelques extraits avaient été
donnés dans le tome VII de l'*Año Teresiano* et par V. de La Fuente,
d'après les papiers des carmes déchaussés conservés à la Nationale de
Madrid (*Escritos,* t. I, p. XXVIII), a été publié *in extenso* par D. Francisco Herrero Bayona dans sa reproduction photolithographique du
*Camino de perfección.* N'ayant pas ce dernier ouvrage à ma portée,
je me contenterai de l'analyse de la lettre de Ribera insérée par les

---

1. Le *Camino* avait été imprimé isolément au moins trois fois avant 1588 :
1° à Evora en 1583 (voy. la description sommaire de cette édition dans les *Escritos de
Santa Teresa,* éd. La Fuente, t. I, p. XXVII) ; — 2° à Salamanque en 1585. Édition
mentionnée dans une lettre du P. Ribera (voy. le P. S. du présent article) et dont la
Bibliothèque Nationale de Paris possède un exemplaire sous la cote Réserve D 53014 :
TRATADO || LLAMADO CAMI- || NO DE PERFECCION, || que escriuio para sus Monjas¹ la
madre Teresa de IESVS, fun- || dadora de los monaste- || rios de Carmelitas || descalças.
|| Con Licencia y Priuilegio. || EN SALAMANCA, || En casa de Guillermo Foquel. || Año M. D.
LXXXV. In-8°. 11 ff. prél. et 189 ff. chiffr. pour le *Camino* et les *Avisos,* plus 1 f. pour
la marque de l'éditeur ; — 3° à Valence en 1587. Édition citée dans la *Bibliotheca Doc-
toris Gabrielis Sora, canonici S. Ecclesiæ metropolitanæ cæsaraugustanæ,* Saragosse, 1618,
p. 126.

carmélites de l'Incarnation au tome I$^{er}$, p. xxxv, des *Œuvres complètes de sainte Térèse de Jésus* (Paris, 1907) : « Il (Ribera) se plaint qu'on n'a pas reproduit fidèlement les manuscrits originaux ; il déclare qu'on prépare à Salamanque une autre édition, qui sera, il l'espère, « digne de sa mère qu'il aime tant ». Lui-même a été chargé de ce travail, qui presse extrêmement. Il cherche à se procurer tous les manuscrits originaux et prie les carmélites de Valladolid de lui remettre celui du *Chemin de la Perfection*, qu'elles ont entre les mains ; il s'informe où il pourra trouver ceux de la *Vie*, des *Demeures*, des *Fondations*. Il ne doute pas qu'elles n'aient le désir de posséder enfin une bonne édition, il espère pouvoir la leur donner. » Ce projet, Ribera ne le mit certainement pas à exécution. Nous possédons bien une édition des œuvres de Thérèse de l'année 1589, dont l'existence était attestée par une déposition de Francisco de Mora (voy. *Escritos*, t. I, p. xxviii) et dont un exemplaire a été récemment décrit par D. Manuel Serrano y Sanz dans ses *Apuntes*, t. II, p. 523 ; mais nous allons voir que cette édition de 1589 est en fait une revision du texte de 1588 exécutée par Fr. Luis de León lui-même. Le titre général de cette édition revue et corrigée est exactement le même que celui de 1588, sauf la date, qui est ici : « En Salamanca. Por Guillelmo Foquel. M. D. LXXXIX. » Les préliminaires sont les mêmes, sauf qu'on a fait disparaître les "Enmiendas" de 1588, qui, dans cette première édition, occupaient le cinquième feuillet[1]. Mais pour le texte on constate des changements. La première partie du recueil compte 396 pages, au lieu de 560 dans l'édition de 1588, le caractère romain employé dans 1589 étant notablement plus petit (le caractère italique de la lettre de Fr. Luis aux carmélites de Madrid est le même dans les deux éditions). Pour la seconde partie, il y a ceci à remarquer : dans le bel exemplaire de 1589 que possède la Bibliothèque Nationale de Paris, sous la cote Réserve D 80084, le second ouvrage du recueil est le *Castillo interior*, suivi des *Esclamaciones;* tandis que dans celui qu'a décrit Serrano, l'ordre des ouvrages est le même que dans 1588. Il est évident que les trois parties du recueil ont été assemblées diversement et que même l'éditeur a dû les vendre séparément[2] ; c'est ce qui explique pourquoi le *Castillo*, qui n'avait

---

1. D. Manuel Serrano dit : « con los mismos preliminares que la edición anterior, » parce que son exemplaire de 1588 ne contenait pas l'erratum et, par conséquent, n'avait que quatre feuillets préliminaires au lieu de cinq. — Il faut noter encore : 1° que 1589 a un erratum de six fautes au bas du fol. 3 ; 2° qu'il existe quelques petites différences de rédaction dans la taxe, ici datée du 7 juin 1589, et 3° que la gravure du portrait de sainte Thérèse, plus soignée, donne aux traits du visage de la Mère une expression plus intense et presque douloureuse.

2. Le catalogue n° 301 du libraire Harrassowitz de Leipzig annonce sous le n° 2590 : « Teresa de Jesus. Libro llamado camino de perfecion. Salamanca 1589. 4° Prgtbd. 191 pag. — Der Titel etwas beschädigt, sonst ein schönes Ex. dieser seltenen Ausgabe. 40 M. »

qu'un titre de départ dans 1588, a dans 1589 un vrai titre, sous
lequel ont été répétées les armes du Carmel qui figurent dans les deux
éditions sur le deuxième feuillet préliminaire de la *Vida*. Le *Castillo*
de 1589 compte 218 pages (titre compris). La troisième partie, dans
l'exemplaire de la Bibliothèque Nationale, contient le *Camino* suivi des
*Avisos* en 192 pages.

Si l'on compare les deux éditions pour les leçons du texte, l'importance et la nouveauté de 1589 apparaissent tout de suite. Pour
abréger, je désigne la première par F 1 (Foquel 1588), la seconde
par F 2 (Foquel 1589), et les *Escritos de Santa Teresa*, t. Iᵉʳ, éd. de
V. de La Fuente dans la *Biblioteca Rivadeneyra*, par E. Examinons en
premier lieu la lettre de Fr. Luis de León aux carmélites de Madrid.
Il y a d'abord dans F 2 d'assez nombreuses corrections purement
orthographiques. F 2 corrige plusiers fois *sancto* et *sancta* en *santo*
et *santa; desafeitada, iglesia, restituido* en *desafeytada, yglesia, resti-
tuydo; spiritu* en *espiritu; dizir* en *dezir; descrecion* en *discrecion;
mismo* en *mesmo; iusto* en *justo*. — Mais il y a des corrections plus
importantes et qui toutes sont des améliorations. F 1 disait de
Thérèse (p. 3 = E, p. 18) : « vna pobre muger », expression qui
peut être prise en castillan en mauvaise part. F 2 corrige « vna muger
pobre y sola », ce qui a passé dans les éditions du xviiᵉ siècle. —
F 1, p. 11 (= E, p. 19) : « el Consejo real me los cometio que los
viesse ». F 2 supprime le premier *los* pour éviter la répétition peu
élégante. — F 1, p. 13 (= E, p. 20) : « en que verdaderamente no
tienen razon ». F 2 : « en que verdaderamente se engañan », leçon
passée aussi dans les éditions du xviiᵉ siècle. — F 1, p. 5 (= E,
p. 18) : « offrecidas en solos los braços de su esposo diuino ». F 2
supprime *solos*. — A propos de l'épithète de *Santa* donnée à Thérèse,
La Fuente dit qu'elle est rare chez Fr. Luis de León et que ce sont
les éditeurs du xviiᵉ et du xviiiᵉ siècle qui l'ont prodiguée dans cette
lettre. Or, F 2 l'emploie dans deux cas : « escritos de su mano la
sancta madre » (p. 11 = E, p. 19) et « comunico a la santa madre
Teresa » (p. 17 = E, p. 20), où F 1 met simplement *madre*. — F 2
se distingue aussi de F 1 par une addition de quelque importance.
En marge du passage où Fr. Luis dit que Thérèse donne à entendre
qu'elle n'est pas sûre de l'état de grâce de ceux qui jouissent de
certaines faveurs divines, F 1 mettait seulement un renvoi au *Camino*,
ch. IV[1], et dans le texte n'insérait que le passage de cet ouvrage.
F 2 ajoute deux autres renvois et deux autres passages tirés des
*Esclamaciones* § 1 et des *Moradas* VII, 4. La Fuente, qui commet
d'ailleurs à propos de ces citations plusieurs inexactitudes, déclare
ne pas admettre les deux dernières parce qu'elles ne figurent que dans

---

1. Ce renvoi est faux; les carmélites de l'Incarnation ont bien corrigé : ch. 42;
voy. *Œuvres complètes de sainte Térèse*, t. I, p. 431.

l'édition de Foppens (Bruxelles, 1675). Il ne connaissait pas et n'avait jamais vu l'édition de 1589.

Voyons maintenant le texte des œuvres de Thérèse. Il va de soi que F 2 a adopté les corrections énumérées dans l'erratum de F 1. J'ai examiné celles de la *Vida*, qui sont au nombre de 69, et j'ai constaté que toutes ces corrections ont passé dans F 2, à l'exception de 7, et cela sans doute par inadvertance, vu qu'il n'y a que deux cas sur ces 7 où la correction réclamée par l'erratum pouvait être discutée comme donnant un sens peu satisfaisant. Secondement, F 2 a introduit de nouvelles leçons. En voici deux que j'ai relevées et qui ne sont heureuses ni l'une ni l'autre. Au ch. II de la *Vida* (E, p. 25ᵇ), on lit dans le ms. : « natural y alma *virtuoso* », et à ce *virtuoso*, conservé dans F 1, a été substitué *virtuosos* dans F 2, à tort, car le singulier se construit fort bien avec *natural y alma* considérés comme synonymes et ne formant qu'une seule expression. Au ch. VIII de la *Vida* (E, p. 39ᵃ), le ms. donne : « *pasays* por esta pena », ce qui est aussi la leçon de F 1, tandis que F 2 a corrigé sans motif : *passad*. Mais, bien entendu, il doit se trouver des cas où les nouvelles leçons de F 2 méritent d'être adoptées, soit parce qu'elles restituent le ms., soit parce qu'elles suppriment des lapsus évidents de Thérèse. Une collation complète de F 2 avec F 1, d'une part, et le ms., de l'autre, nous renseignerait à cet égard, car, contrairement à ce que pensait La Fuente, Fr. Luis s'est servi, pour la *Vida*, du ms. autographe de l'Escurial et non d'un autre exemplaire[1].

Parmi les nouveautés de F 2, il en est d'un autre ordre et d'une importance assez considérable : j'entends parler de notes marginales destinées à défendre, en les expliquant, certaines déclarations de la Mère ou à élucider certaines questions traitées dans ses écrits. Ces notes marginales correspondent aux chapitres X, XII et XX de la *Vida*, à un passage de ce que La Fuente appelle la *Relación IV* (E, p. 156ᵇ), aux chapitres I, II et XI du *Camino* et aux *Moradas* V, 1 et 2 ; VI, 6 ; VII, 1 et 4. En tout il y a douze annotations, qui apparaissent ici pour la première fois, à l'exception des trois annotations du *Camino* et de celle des *Moradas* VII, 1, déjà insérées dans F 1. Or, qu'est-il arrivé? La Fuente, qui trouvait les nouvelles notes dans les éditions du xviiᵉ siècle dérivées, ce qu'il ignorait, de F 2, les a reproduites, mais en déclarant invariablement que les notes en question n'appartiennent pas à Fr. Luis de León parce qu'elles manquent dans Foquel, le Foquel de 1588, le seul qu'il connût. On voit maintenant ce qu'il en

---

1. C'est ce qu'ont clairement démontré les carmélites de l'Incarnation dans les *Œuvres complètes de sainte Thérèse*, t I, p. 35. — Dans la déposition de la Mère Anne de Jésus pour la canonisation de sainte Thérèse, il est dit entre autres : « los [libros] que se imprimieron y andan aora impresos se sacaron de los originales de su propria letra, y yo con liçonça y orden de los perlados los junté, que estauan en diferentes partes, para darlos al maestro fray Luis de Leon » (Archives Nationales, L 1046, nᵒ 60).

est. *Toutes* les notes, dont je viens de donner l'énumération, se lisent dans F 2 et sont sorties de la plume du grand augustin. A cet égard, aucun doute n'est permis. En 1589, nul n'avait le droit de toucher à l'édition des œuvres de sainte Thérèse si ce n'est le directeur dûment autorisé de cette édition, Fr. Luis de León lui-même. Lui seul a corrigé et complété sa lettre aux carmélites de Madrid ; lui seul a introduit dans le texte de Thérèse les corrections indiquées par l'erratum de 1588 avec d'autres encore qu'il a jugé à propos de faire: lui seul a notablement augmenté le nombre des notes marginales pour calmer certains scrupules et répondre à certaines attaques. Ce dernier travail répondait aux nécessités du moment et à ses propres préoccupations, qu'il a, au surplus, longuement exposées dans son *Apologie des écrits de sainte Thérèse*, publiée pour la première fois par le P. Tomás de Jesus, dans son *Compendio de los grados de oración* (Rome, 1610).

De tout ce qui vient d'être rapporté, résulte clairement ceci : la première édition de Foquel, Salamanque, 1588, n'a plus que la valeur d'une vénérable curiosité bibliographique ; pour l'étude des œuvres de la sainte, cette édition a été annulée par la suivante, celle du même Foquel, Salamanque, 1589, revue, corrigée et complétée par Fr. Luis de León. C'est à elle seule qu'on doit recourir pour avoir la pensée dernière de l'éditeur sur le texte de sainte Thérèse et son interprétation. Assurément cette édition ne dispense pas de recourir aux manuscrits originaux, et à ce propos je me permettrai une remarque. Comme il est difficile de traduire directement sur les fac-similés des manuscrits (à moins d'en faire au préalable une transcription), les traducteurs se laissent aller trop souvent à suivre le texte de Fr. Luis, ou, ce qui est plus dangereux encore, celui de D. Vicente de La Fuente. Chacun sait que ce dernier éditeur a rendu les services les plus signalés à l'étude de sainte Thérèse et de ses œuvres, et qu'il a éclairci plusieurs questions volontairement faussées et obscurcies par certains membres de l'Ordre des déchaussés. Malheureusement D. Vicente n'avait pas le don de l'exactitude et manquait tout à fait de méthode. Pour nous en tenir seulement à la *Vida*, sa première édition dans les *Escritos* est un compromis entre le texte du ms. autographe, parfois mal lu et mal collationné, et des éditions sans autorité ni valeur du XVII<sup>e</sup> siècle ; et quant à sa transcription du ms. de l'Escurial, publiée en 1873 avec le fac-similé, elle fourmille littéralement d'inexactitudes. Un seul exemple montrera combien il importe de ne se fier ni aux éditions de Salamanque ni à celles de D. Vicente. Vers la fin du chapitre VII (E, p. 37<sup>b</sup>), voici une phrase qui a été rendue dans F 1 de la façon suivante : « y quando el primer mouimiento le acometa, salga dello con merito, y creo que el que tratando con esta intencion lo tratare, que aprouechara a si y a los que le oyeren, y saldra mas enseñado *assi en entender* como en *enseñar a sus amigos*. » F 2 change un peu, mais conserve néanmoins l'essentiel de la mauvaise leçon : « y quando el primer mouimiento le acometa, *saldra dello... ansi en entender, como en enseñar a sus amigos* ». Là-dessus D. Vicente dit que le ms. porte *entender como enseñar* et que le P. Bañez a corrigé le ms., en mettant *enseñanza*. Plus tard, dans la transcription de 1873, il change d'idée et se demande si la correction *enseñanza* est du fait de Thérèse ou d'un autre. Plus tard encore, dans l'édition isolée de la *Vida* (Madrid, 1882), il imprime : « *aun sin entender, como enseñanza a sus amigos* ». Que pouvait-il comprendre à ce charabia? Si l'on se reporte au fac-similé, on y lit ceci, sauf naturellement la ponctuation que j'ajoute : « y quando el primer movimiento le acometa, salga de ello con merito, y creo que el que tratando con esta yntençion lo tratare, que aprovechara a si y a los que le oyeren, y saldra mas enseñado; *an, sin entender como, enseñara a sus amigos.* » Fr. Luis de León n'a pas vu la valeur de *an* qui est pour *aun*, comme presque toujours chez Thérèse[1], il a donc uni *an* à *si* et de l'*n* de *sin* il a fait *en;* en outre il n'a pas vu non plus que le ms. donne *enseñara* et non *enseñar*. Quant à la prétendue correction *enseñanza*, elle n'a jamais existé que dans l'imagination de D. Vicente. Il est vrai que le tilde de l'*n* est mal placé, ce qui arrive souvent, et que la plume de Thérèse n'a pas très bien formé l'*r;* mais cet *r* ne saurait être confondu avec un *z* : 1° parce que le *z* chez elle descend au-dessous de la ligne, et 2° parce que l'orthographe qu'elle suivait lui imposait d'écrire *enseñança* et non *enseñanza*. On est heureux de constater que les carmélites de l'Incarnation ont reconnu l'erreur commise par les éditeurs et ont fort exactement traduit la leçon du ms. : « Il sortira des entretiens de ce genre mieux instruit, et ayant lui-même instruit ses amis sans s'en rendre compte[2]. »

Le retour aux manuscrits autographes, qui est du devoir de tout éditeur et de tout traducteur, ne doit cependant pas nous rendre injustes envers Fr. Luis de León, le premier des déchiffreurs et des interprètes de la sainte. Somme toute, il a généralement bien lu; et, s'il n'a pas toujours corrigé à bon escient, il a eu au moins le mérite d'attirer l'attention sur des passages difficiles ou obscurs. Même ses erreurs restent instructives parce qu'elles sont celles d'un homme éminent. On consultera donc toujours avec profit sa seconde édition revue et corrigée de 1589.

---

1. Au chapitre XI de la *Vida* (E, p. 45), F 1 et F 2 lisent *anda pena*, ce qui doit être lu *an* (= *aun*) *da pena*.

2. Nous devons encore aux mêmes carmélites d'avoir débarrassé la bibliographie thérésienne d'une édition des œuvres de la sainte, de Naples, 1594, dont il est parlé dans le tome VII de l'*Año Teresiano* et qui n'a jamais existé. L'édition de Naples dédiée à la comtesse de Benavente, vice-reine de Naples (dont le mari exerça la vice-royauté de 1603 à 1610), est en réalité de l'an 1604.

*P.-S.* Grâce à l'obligeance de M. René Costes, boursier d'agrégation, qui a bien voulu examiner à Madrid l'édition en fac-similé du *Camino de perfección*, publiée par D. Francisco Herrero Bayona, je puis transcrire ici les passages les plus importants de la lettre du P. Ribera adressée à *la Madre María de Cristo, Vicaria de las Descalzas Carmelitas, Valladolid*, et rectifier ce que j'ai dit plus haut de la date de cette lettre comme de l'objet des critiques du Père jésuite : « Es menester que v. m. sea muy liberal en lo que aquí la escribiré, pues es servicio de nuestro Señor y bien de muchas almas. El libro del Pater noster (c. à. d. le *Camino de perfección*) de la Santa Madre se imprimió en Euora la primera vez, de manera que era lástima verle. La segunda se imprimió en Salamanca enmendadas cosas de las del de Euora; pero más por buena cabeza que por original : ahora se quiere imprimir acá la tercera, y yo deseaba haberle á las manos primero para que el libro tan bueno saliese como era razon. Ha querido nuestro Señor que me le han entregado para que le corrija, y yo deseo hacer en él toda la diligencia posible para que salga como ha de salir, y como yo deseo que salga libro de mi Madre á quien yo tanto quiero. — Para esto é menester buen original para enmendarle, y aun no querría uno solo : ánme dicho que el original de la mano de la misma Madre está en esa casa. V. m. ará mucho servicio á nuestro Señor y á mí grandísima caridad en embiármele luego por que hay mucha priesa en el negocio, que yo le guardaré como reliquia tan preciosa, y con mensajero muy cierto se le embiaré á v. m. á muy buen recaudo con mucha brevedad y con toda la fidelidad y verdad que yo debo guardar y v. m. verá ; y si v. m. no tiene acaso el original me embie cualquiera que tenga de mano y me escriba donde hallaré el mismo original, y el original de las Moradas y de la Vida y de las Fundaciones ». Du texte de cette lettre ressort que le P. Ribera reçut la mission de publier à Salamanque une troisième édition du seul *Camino de perfección*, la seconde (Salamanque, 1585) n'ayant pas été jugée suffisamment correcte ; le Père ne traite qu'incidemment des autres écrits de la sainte et sans dire qu'il fût chargé de les imprimer. La lettre semble donc devoir être antérieure à 1588, puisqu'il n'y est fait aucune mention de l'édition des œuvres par Fr. Luis de León, et peut-être même antérieure à 1587, puisqu'il n'y est pas parlé non plus de l'édition valencienne du *Camino* de 1587. Ce qui a lieu de surprendre beaucoup, c'est que le P. Ribera, dans le chapitre qu'il consacra dans sa *Vida de la Madre Teresa* (1590) aux écrits de la sainte, n'ait pas soufflé mot de l'édition des œuvres de 1588 due à Fr. Luis de León. Doit-on admettre entre les deux hommes, l'un jésuite et l'autre augustin, une sorte d'antagonisme ou de rivalité à propos de la publication des écrits de sainte Thérèse ? On le croirait presque.

BORDEAUX. — IMPR. G. GOUNOUILHOU, RUE GUIRAUDE, 9-11.

www.ingramcontent.com/pod-product-compliance
Lightning Source LLC
Chambersburg PA
CBHW060813180626
46818CB00002B/808